不埒な社長はいばら姫に恋をする

プロローグ　夢は賞金稼《かせ》ぎ

綺麗なものには引力がある。

光沢《こうたく》のあるシルバーの生地《きじ》に同系色のレースを重ねた上品なデザイン。そのドレスを見つけた瞬間、芦田谷寿々花《あしだやすずか》の手が自然と止まった。

落ち着いた色味ながら、レースにあしらわれた花の図柄が美しく、ドレスを華やかな印象にしている。

細身のAラインドレスは、普段大人びたシックな装《よそお》いを好む寿々花にとって、多少華やかすぎる気もした。けれど、大切な親友の結婚式に着ていくのだから、これくらい華やかなドレスでも許されるだろう。

なにより、引き寄せられるように伸ばした手を、ドレスから離す気になれない。

感性を刺激する美しいものに、とことん惚れ込んでしまうのは寿々花の癖みたいなものだ。

別にそれはドレスや宝石に限った話ではなく、疎水《そすい》を流れる水が作る渦《うず》の形や、何気なく手にした松ぼっくりのフィボナッチ数列の美しさにも当てはまる。

それらは寿々花にとって等しく美しいものだが、人からはあまり共感を得られたためしがない。

さすがに三十にもなれば、数学オタクの寿々花が熱心に話すことの大半が、周囲には理解しにくいことなのだと承知している。

「それにするの？」

ドレスを手に物思いにふけっていた寿々花は、声のする方へ顔を向けた。

一緒に買い物に来ている友人の柳原涼子《やなぎはらりょうこ》が、寿々花の手元へ視線を向ける。

「うん。なんだか引き寄せられて」

そう返した寿々花に、涼子は大袈裟《おおげさ》にため息を漏らす。

「なにも見ないで服が買える人はいいなぁ」

一瞬、値札のことかと思ったが、涼子は両手を自分の腰に添えていた。

涼子も十分痩《や》せていると思うが、彼女の目には寿々花の方がスレンダーに見えるらしい。

「たぶん許容範囲だと思うから」

言いながら、サイズを確認するフリをする。

本当は、服のサイズの微調整は、いつも芦田谷家お抱えのテーラーに任せていた。でもそれが、世間一般の感覚から逸脱していることはこれまでの経験から承知しているので、口には出さない。

「いいなぁ、いいなぁ」

楽しげに繰り返しながら、涼子の意識はラックに掛けられた色とりどりのドレスに向いている。

自分は自分、他人は他人と、割り切って付き合ってくれるのは、彼女のいいところだ。

しばらくして、涼子の手がモスグリーンのドレスで止まる。

裾《すそ》がアシンメトリーにカットされているそのドレスは、脚の綺麗な涼子に似合いそうだ。

「いいわね。涼子さんに似合いそう」

寿々花が言うと、涼子の口元に小さなえくぼができる。

「そういえば、寿々花さん比奈《ひな》のドレス姿見た？」

モスグリーンのドレスをいろいろな角度から確認しつつ、涼子が聞いてきた。

寿々花は首を縦に動かす。

おそらく涼子も、寿々花同様、ドレスを試着した時の写真を見せてもらったのだろう。それを思い出すように「可愛かったなぁ」と、彼女が呟く。

「本当。すごく素敵だったわ」

愛する人と結ばれた友人を見ていると、自分のことのように嬉しくなる。

寿々花がしみじみ同意すると、涼子もうっとりとした表情を浮かべた。

「やっぱりウェディングドレスは、女子の憧れよね」

そこで涼子は、はたと目を見開き、寿々花を見た。

「……私、この年には結婚しているはずだったのに……」

どこで人生プランが狂ったのだろうと唸《うな》る涼子は、なにかを思いついた様子で口を開いた。

「ねえ、寿々花さんの子供の頃の夢ってなに？」

「え？」

突然の質問に、寿々花が目を瞬《またた》かせる。

「子供の頃の夢？」

「そう。たとえば比奈は、仕事と幸せな結婚を両立させるのが夢で、それを見事に実現させたわけじゃない？」

モスグリーンのドレスを体に重ねて、いろいろな角度から鏡を覗き込む涼子の言葉に、寿々花は納得する。

親友の比奈は、寿々花と涼子が勤める世界的自動車メーカー、クニハラの次期社長であり、現在は専務を務める國原昂也《くにはらこうや》と結婚することになった。いわゆる玉の輿《こし》というやつだが、別に比奈が玉の輿《こし》を狙っていたわけではない。

ただ子供の頃からの夢を追いかけた結果が、そういう形に落ち着いたというだけだ。

「で、ふと寿々花さんの子供の頃の夢って、なんだったのかなと思って」

そう言って、涼子が寿々花にチラリと視線を向けた。

「私の……子供の頃の夢は……」

躊躇《ためら》いがちに小声で呟く寿々花に、涼子が首をかしげる。

「ん、なに？」

——嘘をつくほどではないけど、人に話すのはさすがに恥ずかしい。

微妙な沈黙の後、寿々花は思い切って子供の頃の夢を口にした。

「懸賞金を稼《かせ》いでみたかった」

「はい？」

素《す》っ頓狂《とんきょう》な声を上げた涼子は、一瞬、手にしていたモスグリーンのドレスを落としそうになる。

慌ててハンガーを握り直した彼女は、怪訝《けげん》な顔で海外のアクションドラマのタイトルを口にした。

どうやら涼子の頭の中では、悪者を華麗に捕らえるワイルドなヒロインの姿が浮かんでいるらしい。

だけど寿々花の言う賞金稼《かせ》ぎとは、そういう類《たぐ》いのものではなかった。

「ミレニアム懸賞問題って知ってるかしら?」

その問いかけに、涼子が首を横に振る。そこで寿々花は、ミレニアム懸賞について簡単に説明した。

ミレニアム懸賞問題とは、アメリカの数学研究所が懸賞金をかけた至極難解な数学問題のことだ。数学七大難問とも言われ、現在そのうちの一問だけが解明されている。

「数学の問題を解くだけで、そんなにお金がもらえるの?」

一問解決すれば一〇〇万ドルという賞金額を聞いた涼子が、目を剥《む》いて驚く。

涼子は未知の世界に興味津々といった感じで、質問してきた。

「で、その問題は全部解けそうなの?」

「まさか。そんな簡単に解けないから、高い懸賞金がかかっているのよ。だけど大学までは、本気で解こうとしていたの」

今思えば、己の力量を過信した若かりし頃の無謀な夢ではあるが。

「でも、賞金なんてもらわなくても、寿々花さんはお金に困らないいじゃない?」

涼子がさらりと言う。

その声があまりにあっけらかんとしていて、寿々花も軽い感じで肩をすくめた。

ごく親しい友人にしか打ち明けていないが、寿々花の実家である芦田谷家は、あけぼのエネルギーという日本のエネルギー産業に多大な影響力を持つ大企業のトップを務めている。

涼子の言うとおり、よっぽどのことがない限り、寿々花がお金に困ることはまずないだろう。

寿々花がミレニアム懸賞問題を解きたかったのは、高額な賞金のためではない。

なんの不自由もなく与えられすぎる生活の中で、世界が難問と認める数式を自分の力だけで解き明かすという達成感に憧れたからだ。

数学はこちらが正しく問いかければ、正しい答えを返してくれる。寿々花の育ちや親の権力を気にすることもないし、媚《こ》びることもない。無視をすることもなければ、嘘をつくこともない。

学生時代、人間関係の煩《わずら》わしさに辟易《へきえき》していた寿々花にとって、数学は最高の友人であり遊び相手でもあった。

そんな数学で、誰の力も借りず自分の力を試せる。それは、友人からの最高の贈り物のように思えたのだ。

「お嬢様も、なかなか大変なのね」

苦笑する涼子に、寿々花は曖昧《あいまい》な笑みを返した。

「まあね。でも父のおかげで、私は数学者としての限界を見極めるだけの十分な時間を、学生時代に与えてもらえたわ」

ただ、それによってますます一人を好むようになった寿々花を心配し、父だけでなく二人の兄たちまで過干渉になって迷惑している。

贅沢《ぜいたく》な悩みと怒られそうだが、望みの玩具《おもちゃ》を買い与えるように、人間関係も与えられると思っている家族の愛情が、ありがたくも息苦しい。

複雑な心情を吐露《とろ》する寿々花に、涼子が明るく言った。

「そう思うなら、恋人の一人でも作って親を安心させてあげればいいじゃない」

「え？」

軽い口調で提案された内容に、思わず目を丸くする。

「だって、寿々花さんが一人でいることを心配しているなら、いつも一緒にいてくれる恋人ができれば安心して静かになるんじゃないの？」

寿々花はそれを想像して、頬を引き攣《つ》らせた。

「それは、どうかしら……」

過去に一度だけした見合いが破談になった時、父はやけに上機嫌だった。

身勝手極まりない話だが、父は娘の人生に友情は必要だが、恋愛は不要だと考えているらしい。

父のお眼鏡にかなった相手との見合いでさえ、破談になって喜ぶのだ。もし寿々花が、父や兄たちの望まない相手と恋愛しようものなら、一体どんな面倒に繋がるか……

だからといって、家族の顔色を気にしながら恋人を選ぶなんてこともしたくない。

「なんだか、相手の方に迷惑をかけそうな気がするから、その提案は遠慮しておくわ」

あれこれ考えた寿々花がそう返すと、涼子が下唇を突き出すようにして不満の声を上げる。

「えー、なんでそこで諦めちゃうの？　障害があるからこそ、恋愛に憧れを抱くものじゃない？　そういうの、お伽噺《とぎばなし》のお姫様みたいでよくない？」

「……？」

今の話をどう転換させたらお伽噺《とぎばなし》のお姫様に繋がるのだろう。

首をかしげる寿々花に、涼子がニンマリと微笑んで言った。

「面倒な家族という棘《いばら》の塔に閉じ込められているお姫様を、カッコイイ王子様が愛の力で救い出す。そんなシチュエーション素敵じゃない。時間をかけて数学の難問を解明するより、ずっと早く幸せが手に入るわよ」

「別に私は、閉じ込められてなんかいないわ。第一、そんな他力本願な幸せを求めるなんて、相手にも申し訳ないし」

真面目に言い返す寿々花に向かって、涼子がわかってないと首を振る。

「王子様が求めるのは、お姫様の愛だけよ。だから寿々花さんも、相手を心から愛せばいいの」

「……」

愛が全てを救う……それこそ夢物語だ。

「なんてコスパのいい幸福論っ！」

そう言ってガッツポーズを作る涼子の様子から、彼女が悪乗りしているのだとわかった。

じとっと冷ややかな視線を向けると、悪戯《いたずら》っぽく舌を出して涼子は試着室へ歩いていく。

そして、後に続く寿々花に言った。

「とにかく、恋は運命なの。もし運命の人に出会ったら、否応《いやおう》なく恋に落ちるし、親がどうのなんて言っていられなくなるわ。自分の意思に関係なく問答無用で相手に引き寄せられて、離れられなくなるんだから」

もっともらしく語る涼子が、試着室の中へと消える。

「……そういう涼子さんが、今もなおフリーなのは何故？」

思わず突っ込むと、一度閉められた試着室の扉が開き、涼子が首だけ出した。

「運命の恋人が、私を未来で待っているからです。だから気合を入れて、ドレスを選ぶのよ」

綺麗に口角を上げ、フフッと笑った涼子が再び試着室の中へ消えた。

「恋に引力があるのは本当だからね。比奈と國原専務がいい例でしょ」

試着室の中から、涼子の声が聞こえてくる。

「確かに……」

あの二人は、夢物語のような運命的な恋を、現実で実らせた。

幸せそうな比奈を思い出し、自然と寿々花の口元に笑みが浮かぶ。

「こうなったら、三人仲良く運命の相手を見つけて、幸せになりましょう！」

力強く宣言する涼子の声を聞きながら、寿々花も近くの鏡にドレスを合わせた自分を映した。

恋の引力とは、このドレスに引き寄せられた時の感覚に似ているのだろうか。

引き寄せられ、魅了されて、手を離すことができない思い――

服なら買えばいいし、数学なら気の済むまで没頭すればいい。

だけど、それを人に対して抱いた時、自分はどうなってしまうのだろう。

なりふり構わず、それこそ家の力を使ってでも、相手を手に入れたいと思うのだろうか。

自分が自分らしくいられなくなってしまうかもしれない。

寿々花は、人知れずそんな不安を抱くのだった。

1　自分らしく

六月最初の大安吉日。

比奈と昂也の結婚式は、都内にあるとは思えないほど見事な庭園が有名な格式高いホテルで執り行われる運びとなった。

式が始まる前、寿々花はホテルのパウダールームで、鏡に映る自分の姿を確認する。

一目惚れして買ったドレスは、お抱えのテーラーによって、サイズの微調整と多少のアレンジを加えられ、寿々花のための特別な一着へと仕上がっていた。

「そのドレス、似合ってるね」

隣で自分のメイクの最終チェックをしていた涼子が言う。

「ありがとう。私には、少し華やかすぎるけど」

結婚式ということもあり、髪もメイクもプロにセットしてもらった。アクセサリーや小物も、ドレスに合わせてコーディネートしている。

いつもと違って華やかな装《よそお》いの自分に、寿々花はつい言い訳を口にしてしまった。

芦田谷家の娘として、自分を華やかに見せる術《すべ》は心得ている。だが、数学オタクの自分がご令嬢然として振る舞うのは、本当の自分じゃない気がして恥ずかしくなるのだ。

そんな寿々花を、涼子が笑い飛ばした。

「その基準、誰が決めたの？」

「誰って……」

誰だろうかと、首をかしげる。

その時、寿々花の脳裏に一人の女子の顔が思い浮かんだ。

名前までは思い出せないが、中学の時同じクラスにいた女子で、常に寿々花に対して否定的な態度を取る子だった。

クラスの中心的人物だった彼女は、寿々花が新しいものを身につけたり、髪型を変えたりする度に、「らしくない」「似合わなくて変」と貶《おとし》めてきた。

さらには、次第に数学に没頭するようになった寿々花を変人と言って嘲笑《あざわら》った。

クラスの中心にいた彼女が寿々花を否定したことで、いつしかクラス全体がそうした空気になっていた。虐《いじ》めというほどではなかったが、ことあるごとに否定され続ければ、自然と心が萎縮《いしゅく》していく。結果、学校では極力目立たず、人との関わりを避けて過ごすようになったのだ。

そのせいか無意識に、華やかに着飾るのは自分らしくないような気がしてしまう。

「せっかく美人でリッチな女子に生まれたんだから、そんな自分を最大限楽しめばいいのに。私なら、間違いなくそうするわ」

今を楽しむことに貪欲な、涼子らしい一言だ。

「ありがとう」

微笑んでお礼を言う寿々花を、涼子が鏡越しに睨《にら》む。

「本気にしてないでしょ。そんなよくわからない誰かの基準なんて忘れて、会社でもゴージャスリッチな美人路線でいけばいいのに。そうしたら、恋人なんてすぐにできるわよ」

「それは、遠慮しておく」

研究職で理系男子の多い職場にいるため、必要以上に華やかな装《よそお》いをすると周囲が扱いに困るらしいのだ。

今の会社に入ってしばらくした頃、少し打ち解けてきた同僚に「初めは、ニワトリ小屋に、一羽だけ孔雀《くじゃく》が交ざってるみたいで落ち着かなかった」と言われた。

その同僚曰《いわ》く、孔雀《くじゃく》とニワトリでは同じ鳥でも格が違うので、話しかけるどころか、目も合わせちゃいけない気がしたのだとか。

未だに女性研究者を軽んじる者も少なくない業界なので、遠巻きにされているのはそのせいかと思っていたが、理由を聞いて拍子《ひょうし》抜けしたのは最近のことだ。

また周囲に萎縮《いしゅく》されては堪《たま》らないので、会社ではシンプルなお洒落《しゃれ》を楽しもうと思う。

「でも、そう言ってくれる人がいるのは嬉しいわ」

自分のことを肯定し本気でアドバイスしてくれる涼子に、素直にお礼を言う。

すると、微かに頬を赤らめた涼子が「美人は得ね」と、少しの嫌味も感じさせずに唸《うな》るので、笑ってしまった。

最初、友達の友達という形で出会った涼子だが、今では寿々花のかけがえのない友人の一人になっている。

そのことを嬉しく思っていると、涼子が腕時計を確認して言う。

「式までまだ時間があるから、新婦のところに顔を出さない？」

「迷惑じゃないかしら？」

躊躇《ためら》う寿々花に、涼子はあっさり首を横に振る。

「迷惑なことをしても、迷惑にならないのが親友の利点よ。あの子、間違いなく緊張してるから、からかいに行きましょう」

からかうとは、涼子流の励《はげ》ましなのだろう。

「……そうね。からかってあげましょう」

二人は鏡ごしに視線を合わせ、同じタイミングで微笑む。


パウダールームを出ると、ロビーの所々で談笑する人だかりが目に付く。

華やかな装《よそお》いの女性より、落ち着いた色合いのスーツを纏《まと》う男性が多いのは、新郎新婦の育ってきた環境の違いだろう。

新婦の小泉《こいずみ》比奈は、ごく一般的な家庭で育ってきた。対する新郎は、日本を代表する自動車メーカー、クニハラの御曹司である。

それもあって新郎側の招待客には、政財界の重鎮が顔を揃えており、会場の平均年齢を引き上げていた。

そうした顔ぶれの中には、いついかなる場所でもマウントを取らないと気が済まない御仁《ごじん》も多い。互いに褒《ほ》め合っているようで牽制《けんせい》し合っている会話が、そこかしこで繰り広げられている。

その中でも一際目立っている一団を見つけ、寿々花はそっと顔を背《そむ》けた。

寿々花の父であり、あけぼのエネルギー会長でもある芦田谷廣茂《ひろしげ》と、その取り巻きたちだ。

——他人のフリ。他人のフリ。

涼子の陰に隠れるようにして歩く寿々花は、心の中で繰り返す。

幸い父は寿々花に背を向けている。話も盛り上がっている様子なので、このまま通り過ぎれば気付かれないだろう。

それに向こうは新郎側で、こちらは新婦側の招待客だ。

親友の晴れの日を純粋に祝いに来ているのに、父の取り巻きのお世辞に付き合わされるなんて冗談じゃない。

「玉の輿《こし》に乗るのも大変ね。比奈は、好きな人と結婚するだけなのに」

よく響く声で笑う一団や、比奈への嫌味を囁《ささや》く女子たちを尻目に、涼子が呟く。

「そうね。でも比奈さんなら、あんな人たちには負けないと思うけど」

二人の育った環境への配慮から、内輪だけの式にしようという意見もあったそうだ。だが比奈が、「悪いことをするわけじゃないし、祝ってくれる人に遠慮させたくない。だから環境の違いも含め、ありのままの二人で式を挙げればいい」と申し出たらしい。

親友として、状況に臆することなく前向きに挑んでいく比奈を、誇らしく思う。

──あれこれ深読みした挙句、萎縮《いしゅく》して諦めてしまう私とは大違いだ。

比奈と出会い、自分も変わりたいと思って職場を変えたのに、すぐに弱気な自分が顔を出す。

よくないことだと反省していると、斜め前を歩く涼子がふと足を止めた。

「あれ、スマホがない」

そう言うなり、いきなり回れ右して振り返ってきた。

「──っ!」

涼子の動きに驚き、寿々花が咄嗟《とっさ》に背中を反《そ》らす。

その拍子《ひょうし》に、いつもより高いヒールを履いていた寿々花はバランスを崩した。

「あっ」

体勢を立て直すことができず、そのまま後ろに倒れていく寿々花の姿に、涼子が口元を手で覆《おお》う。

床に倒れることを覚悟した次の瞬間、寿々花の体を誰かが支えた。

「危ない」

艶《つや》のある低い声と共に、腰と肩に大きな手の感触が伝わる。

「……」

なにが起きたのかわからず呆然としていると、大きく開いた背中に人の温もりを感じた。それと同時に、複雑に絡み合った男性物のオードトワレの香りに包まれる。

「大丈夫?」

後ろから落ち着いた低音ボイスが耳に触れる。

「はい」

体を捻《ひね》って背後を確認すると、彫りの深い美しい男性の横顔がすぐ側にあった。

その事実に驚き、再び体のバランスを崩してしまう。

「おっと」

倒れそうになる寿々花の体を、男性が力強く支えてくれる。

寿々花の肩と腰を支える彼の手にぐっと力が入り、無意識に体が強張《こわば》ってしまう。一旦落ち着こうと深く息を吸えば、男性のオードトワレの香りを意識して悪循環に陥《おちい》る。

まるで水のない場所で、溺《おぼ》れているような気分だ。

「なにやってるの。大丈夫？」

最初こそ寿々花を驚かせてしまったことに焦っていた涼子だが、呆れつつ腕を引いてくれた。

男性の体から離れたことで、やっと体が本来の平衡感覚を取り戻す。

「ごめん」

気まずさを感じながら涼子に礼を言った寿々花は、すぐに後ろを振り返り、深く頭を下げた。

「助けていただき、ありがとうございます」

しかし、顔を上げた瞬間、再び硬直することになる。

さっき見た時も整った顔立ちだと思ったけれど、改めて向き合った彼は、ギリシャ彫刻のようにずば抜けて整った容姿の持ち主だった。

背が高く、肩幅もある。背中で感じた印象からしても、かなり引き締まった体躯《たいく》をしているのだろう。

そんな恵まれた容姿の持ち主である彼は、こだわりを感じさせる凝ったデザインのスーツを上手《うま》く着こなしている。

服に着られている感がなく、お洒落《しゃれ》や上質な服に慣れているのだと察せられた。

「転ばなくてよかった」

男性が穏やかに微笑んでそう返す。

黒髪をオールバックにしていることで、綺麗な鼻筋や涼しげな二重《ふたえ》の目、形よく整えられた眉がよく見える。その顔立ちからは、意志の強さが溢《あふ》れ出ていた。

おそらく年齢は寿々花より少し上だろうか。

滲《にじ》み出る野心を隠さず、上質なスーツを着こなす彼に寿々花は内心眉根を寄せた。

上流階級で育った自信家のお坊ちゃんには、鼻持ちならない奴が多い。

野心家で傲慢《ごうまん》な父や兄、その取り巻きたちの我《が》の強さに辟易《へきえき》している寿々花としては、あまり関わりたくないタイプの人種だ。

早々にその場を離れようと、会釈《えしゃく》して立ち去ろうとする寿々花の脇を、涼子がすり抜ける。

「スマホ、パウダールームに忘れてきたみたい。見てくるから、ちょっとここで待ってて」

それなら自分も一緒に行くと、寿々花が声をかけるより早く、涼子が小走りで離れて行ってしまった。

「ちょっ……」

中途半端に手を伸ばしたまま、寿々花はかたわらにたたずむ彼をチラリと窺う。

視線に気付いた彼が「んっ？」と、視線で問いかけてくるが、話すことは別にない。

ただ、ここで涼子を待たなくてはいけない以上、できれば彼には立ち去ってもらいたいのだが。

その時、辺りに一際大きな笑い声が響いた。

見ると、人の輪の中心で父の廣茂が豪快に笑っている。

——こんなところを、父やその取り巻きに見られたら面倒なことになる……

廣茂は、常に周辺の状況を把握していないと気が済まない困った性分《しょうぶん》の人だ。

そのため、いい年をした娘のプライベートにもなにかと口を出してくる。

周りの話に機嫌良く笑っている廣茂は、まだ寿々花の存在に気付いていないようだった。

慎重に廣茂の様子を窺っていた寿々花に、男性が話しかけてくる。

「芦田谷廣茂氏——傲慢《ごうまん》で我《が》が強く、財界人の間でも度々話題に上《のぼ》る困った御仁《ごじん》だ。常に話の中心にいて、もてはやされていないと気が済まない御山の大将だよ」

「えっ」

突然の発言に驚く寿々花へ、眉をひそめた彼が続ける。

「他人の結婚式に来てあの調子では、さすがに悪目立ちがすぎる」

「……っ」

身内に対する辛辣《しんらつ》な評価に、カッと頬が熱くなる。

自分とて、似たような不満を廣茂に抱《いだ》いている。だが他人に言われると、不快に感じるのだから、家族とは不思議なものだ。

――確かに困った人だけど、いいところだってあるんです。

それに貴方からだって、なかなかの我《が》の強さを感じますが。

モヤモヤしながら微妙な表情を浮かべる寿々花に、男が強気に微笑む。

「そんなことより……」

話題を変えようとした彼の言葉を遮《さえぎ》り、寿々花が口を開いた。

「確かにあの人たちの態度はいかがなものかと思いますけど、せっかくのお祝いの場で、よく知りもしない人の悪口を言うのもどうかと思いますけど」

フンッと鼻息荒く返す寿々花に、彼が驚いた様子で瞬《まばた》きをする。

しかしすぐに、目尻に皺《しわ》を寄せてクシャリと前髪を掴んだ。

「確かに。失礼した」

あっさり自分の非を認めて謝る男の表情が子供っぽくて、寿々花の方が拍子《ひょうし》抜けしてしまう。

感情に任せて言い返してしまったことを謝ろうかと悩んでいると、スマホを手にした涼子が戻ってきた。

「ごめん。お待たせ。比奈のところ行こう」

そう言って、涼子は駆け寄ってきたままの勢いで寿々花の腕にしがみつく。

その衝撃で寿々花がよろめくと、すかさず男が腕を伸ばし支えようとしてくれる。

男の気遣いに気恥ずかしさを感じつつ、お礼とお詫びを言わなくてはいけないと顔を上げた。

「あっ……」

首筋に浮かぶ血管がわかるほど近くに男の顔があって、驚きのあまり言葉を呑み込む。

「なにか？」

口を開いたはいいが、続ける言葉が出てこない。

ポカンとした表情で見上げていると、少し距離を取った男が考え込むようなしぐさをした。そして、おもむろに手を伸ばし、寿々花の頬を軽く摘まむ。

「――っ！」

不意打ちの行為に寿々花が目を丸くすると、男性がくつりと笑って手を離した。

「君は、黙っていると落ち着いた美人に見えるのに、実際は少し危なっかしいな」

子供を窘《たしな》めるような、優しい口調で微笑みかけてくる。

初対面の女性の頬に躊躇《ためら》いなく触れてくる男に、女性への馴れを感じる。と同時に、子供扱いされたことに腹が立った。

どういう種類の対抗心なのかはわからないが、こういう負けず嫌いなところは、父親譲りなのかもしれない。

子供扱いされたままでたまるかと、寿々花は背筋を伸ばして表情を改める。

そしてアイシャドーとマスカラで強調した目を軽く細め、顎《あご》を突き出すようにして微笑んだ。

「――っ」

さっきまでと違う妖艶《ようえん》な表情に、相手が戸惑っているのがわかる。

心の中で「ザマアミロ」と舌を出しながら、澄ました表情で告げた。

「ほんの一瞬言葉を交わしただけで、相手のことを訳知り顔で語る。それこそ、子供じみた危なっかしい判断かと思いますけど」

「……なるほど。気分を害したのなら悪いことをした」

余裕綽々《よゆうしゃくしゃく》、魅力溢《あふ》れる大人の男の笑みを浮かべて返される。

――こっちも負けず嫌いだ。

言葉では素直に謝罪する男の表情から、自分と同じ負けず嫌いの匂いを感じ取る。

だが、ここで互いの性格を明らかにし合う必要もないので、密かに男を「ミスター負けず嫌い」と命名しつつ、寿々花は艶《あで》やかな笑みを浮かべてその場を離れた。

隣を歩く涼子が「なに、さっそく運命の出会い？」と茶化してくるのを無視しながら、控室に向かった。


新婦の控室を覗くと、ウェディングドレスを着た比奈が椅子に腰掛けたまま手を振ってくる。

寿々花と涼子の顔を見た瞬間、緊張で強張《こわば》っていた比奈の表情がぱっと輝いた。

その表情の変化を見れば、涼子の判断が正しかったのだとわかる。

「おめでとう」

祝福の言葉と共に涼子と二人、比奈に駆け寄った。

「ありがとう」

緊張した様子の比奈だが、それ以上の幸福感に満ち溢《あふ》れている。

積極的に結婚したいとは思わないが、幸せそうな比奈を見ていると、運命の人と心を通わせた彼女を素直に羨《うらや》ましく思う。

しかし、何気なく触れた比奈の手は、薄いレースの手袋ごしでもわかるくらい冷たい。

その手を温めてあげたくて両手で包み込むと、比奈が恥ずかしそうに笑った。

「寿々花さん、お母さんみたい」

その言葉に、控室に母親の姿がないことに気付く。

彼女と母親の関係はあまり良好とは言えず、今日の式も欠席すると聞いていた。

「國原さんとなら、間違いなく幸せになれるわ」

祈るように比奈の手を強く握る。

そんな寿々花の言葉に、比奈が少し複雑そうな顔をしたのは、寿々花が昂也の見合い相手だったからだろう。

寿々花はかつて、昂也に憧れの感情を抱《いだ》いていた時期があった。

現状を見れば見合いの結果は説明するまでもないが、昂也は彼の仕事の補佐役だった比奈を選び、二人は結ばれることになったのだ。

つまりは、昂也にフラれる形となった寿々花だが、その結果に異存はない。

そう思えるのは、昂也の選んだ相手が比奈だからだろう。

見合いをきっかけに知り合い、仲良くなった比奈は、今では寿々花のかけがえのない親友である。

比奈を知れば知るほど、彼女の強さと前向きさに尊敬の念を抱《いだ》く。

そして二人を間近で見ていれば、自分が昴也に抱《いだ》いていた感情が、ただの憧れでしかなかったとはっきりわかった。

「自分が繋いだ縁を信じて、幸せになって」

比奈の手を強く握って微笑みかける。するとそこへ、涼子が自分の手を重ねてきた。

「次は私たちも、運命の人を見つけるから」

「涼子さん……」

嫌そうな顔をする寿々花に、涼子がニヤリと笑って「寿々花さんは、さっきの人なんてどう?」と、付け足してくる。

「さっきの人?」

不思議そうな顔をする比奈に、涼子は「ミスター負けず嫌い」との遭遇と、彼に対する寿々花の笑顔の応酬について、嬉々として語り始める。

さも恋物語が始まるような印象を与える涼子の話し方には、苦笑いするしかない。

――それでも……

この幸せに満ちた空間に自分がいることが、寿々花は嬉しくて仕方がなかった。

幾つかの縁が重なって仲良くなった二人が、今では手放せない存在となっている。

◇　◇　◇

ホテルのチャペルで行われた結婚式と披露宴《ひろうえん》が終わると、一部の参列者は二次会へと向かった。

新郎の仕事関係の出席者が多かった式と披露宴《ひろうえん》とは違い、二次会は新郎新婦の友人がメインとなっているため、一気に雰囲気が華やいだように感じる。

二次会からの参加者もいて、ビュッフェスタイルの会場は、華やかな空気と同じくらい活気があった。

——色彩も空気も、さっきまでとは大違い。

二次会の会場であるレストランの中庭に出た寿々花は、軽く首を動かし筋肉を解《ほぐ》す。

披露宴《ひろうえん》の間、どうしても廣茂やその取り巻きたちの言動が気になって落ち着かなかったが、ここからは彼らの存在を気にすることなくのびのびと楽しむことができる。

そんな開放感から、中庭に咲く花々を眺めていた寿々花は、バラの垣根に立つ人の姿に気付き、そっと眉間に皺《しわ》を寄せた。

「また会ったな」

電話をしていたのか、式の前に会ったミスター負けず嫌いが、スマホをジャケットの内ポケットにしまう。

寿々花に歩み寄りながら「縁があるな」と、微笑みかけてくる。

式や披露宴《ひろうえん》の間、式場で彼と顔を合わせることはなかった。だが、二次会の会場にいるということは、彼は新郎側の参列者なのかもしれない。

「同じ式に参列していたのなら、顔を合わせるのは必然かと」

また子供扱いされて頰を摘まれては堪《たま》らない。

表情を作り、できるだけ落ち着いた口調で返す寿々花に、彼は面白そうな顔をして答えた。

「じゃあ、國原が新婦と出会った時から、俺たちの縁も始まっていたのかもな。また会いたいと思っていたから、会えてよかった」

「……」

――歯の浮くような台詞《せりふ》をヌケヌケと。

さっきまでとは違う意味で、静かに目を細める寿々花を見て彼が笑う。

「君は面白い子だな」

悪戯《いたずら》を楽しむ子供のような口調からして、さっきの歯の浮くような台詞《せりふ》は、本気で言ったわけではないらしい。

だとしたら、本気で反応してしまった自分が恥ずかしくなる。

――やっぱりこの人は苦手だ。

仕事じゃないんだから、苦手な人と無理して一緒にいる必要はない。そう結論付け、寿々花はその場を離れようとする。その手首を、彼が掴んできた。

「待て、もう一度会いたいと思っていたのは本当だ」

「……？」

まだからかってくる気なのかと身構える寿々花に、彼は神妙な顔で言う。

「君にちゃんと謝っておきたかったんだ」

「謝る？　なにをですか」

「友人の結婚式で、不愉快な思いをさせてしまって申し訳なかった」

「……その件に関しては、私も感情に任せた発言をしてしまいましたから」

「いや。俺のせいで、君に嫌な言葉を言わせてしまった。いくら正しいことでも、人を注意するのは愉快じゃなかっただろう」

彼が謝りたかったのは、自分の発言についてではなく、寿々花の気持ちに対してだったようだ。

彼の言うとおり、人を注意するのは気分のいいことではない。

でも大抵の人は気付いたとしても、あえて謝ったりはしないだろう。

スルーできることを、ちゃんと言葉で伝えてくれた彼の姿勢に、ふと心が和《なご》む。

「私の方こそ、そういう言葉を言わせてすみません」

寿々花も頭を下げると、彼が小さく笑う。

「やっぱり君は面白い」

「……」

その言い方は面白くないが、言い返すのも子供っぽいので聞かなかったことにする。

そんな寿々花に、何気ない様子で彼が告げた。

「以前ビジネスの場で、芦田谷会長に痛い目に遭わされたことがあったから。顔を見ると、ついね」

「それは……」

彼の言葉で、大体の事情が察せられた。

芦田谷廣茂という人はビジネスの場において、とても厳しい人間だ。

普段から我《が》が強く、自分の信念を強く主張するあまり周囲の者を振り回す傾向にあるが、仕事が絡むとその傾向がより顕著になってしまう。

人より商売感覚が優れているのだが、彼にしか見えていない法則に従い重要事項の決断を下すので、その意図が汲《く》み取れない周囲は、傲慢《ごうまん》な彼の言動に振り回される形となるのだ。

もしかしたら彼も、そういった父の横暴な振る舞いによって痛手を被《こうむ》ったのかもしれない。

「君にはまったく関係のない話なのに、不愉快な思いをさせて申し訳なかった」

「いえ……」

彼の話しぶりからして、寿々花が廣茂の娘とは知らないのだろう。

だとしたら、ここで本名を告げて謝罪しても、お互い気まずくなるだけだ。

――どうせもう、二度と会わない人だし。

それなら真実を告げて、わざわざ気まずくなる必要はない。

謝罪を受け入れた寿々花が、会釈《えしゃく》をしてその場を離れようとした時、よく見知った人が、こちらへ歩いてくるのが見えた。

「ここにいたのか」

二人に向かって軽く手を上げるのは、今日の主役の一人である新郎の國原昂也、その人だ。

「やあ、國原。今日はおめでとう」

ミスター負けず嫌いが、癖のある笑みを浮かべながら続ける。

「仕事人間のお前が、まさか恋愛結婚するとは思わなかったよ。職場で相手を見つけたのは、お前らしいけど」

やっぱり彼は、昂也側の招待客のようだ。砕けた口調から察するに、親しい間柄なのだろう。

「自分でも、思ってなかったよ」

ミスター負けず嫌いの皮肉に、昂也がはにかんだ表情を浮かべる。その表情を見れば、彼が今日という日をどういう気持ちで迎えたのかわかるというものだ。

「改めて、おめでとうございます」

昂也の表情を見て、寿々花も心からの祝辞を述べる。

そんな寿々花に笑顔で応《こた》えながら、昂也が不思議そうに二人を見比べた。

「ところで、二人は知り合いだったの？」

「いや。今日が初対面だよ。そういえば……」

と、ミスター負けず嫌いが寿々花の方を向き、右手を差し出してくる。

「今さらだけど、新郎の友人で、鷹尾尚樹《たかおなおき》です」

「あ……」

しまった。こうなる前に、離れるべきだった。

——だからって、今頃になって芦田谷の名前を出すわけにもいかないし……

差し出された手を見つめ、どうしようかと悩んでいると、遠くから自分を呼んでいる涼子が目に入った。

その瞬間、寿々花の口から言葉が飛び出る。

「や、柳原寿々花……です」

昂也が微かに目を見開くのがわかったが、気付かないフリをした。

——お願いします。なにも言わないでください！

そう祈りながら、ミスター負けず嫌い改め、鷹尾尚樹の手を握り返した。

どうか、しょうもない嘘を見逃してください。そんなうしろめたさから、相手に向ける笑顔の艶《あで》やかさが増してしまう。

そして、本人にその自覚がなくとも、それは異性を魅了するのに十分な役割を果たすものだったらしく、尚樹が一瞬、呆けたように動きを止めた。だが寿々花に、それに気付く余裕はない。

「では、友人が呼んでいますので」

昂也になにか言われる前に、と寿々花は妖艶《ようえん》な笑みを残して、足早にその場を離れた。


「助かった」

涼子と合流した寿々花が、胸に手を当ててホッと息を吐く。

「専務と、なにを話してたの？」

昂也のことを役職で呼ぶ涼子に、首を横に振る。

「さっきの人と専務が知り合いで、簡単な挨拶《あいさつ》をしてただけ」

その説明に嘘はない。

ただ話したくないことを、話さないだけで。

「それより、私に用があるんじゃないの？」

サラリと話題を変える寿々花に、涼子がハッと表情を変える。

「そうだ。寿々花さんに助けて欲しくて」

涼子は寿々花の手首を掴むと、そのままレストランの中へ入っていく。

「なにかトラブル？」

「トラブルっていうか、比奈が面倒くさそうな子に絡まれてるの。たぶん、あの手の子の対処は、寿々花さんの方が向いてる気がして」

「……？」

――どういう意味だろう。

よくわからないまま涼子の後について会場を進む寿々花は、目の前の光景に小さく声を漏らした。

「どうかした？」

寿々花の声に反応して、涼子が足を止める。

「さっきメイクを直している時に、学生時代に苦手だった同級生のことを思い出したの。その時は名前が思い出せなかったのだけど、今思い出したわ」

そうだ、自慢話が好きで、自分が一番でないと気が済まない人。学生時代、散々寿々花に絡んできた彼女の名は、三瀬朱音《みつせあかね》といった。

「このタイミングで、急になに？」

怪訝《けげん》な顔をする涼子に、寿々花はレストランの奥を顎《あご》で示して言う。

「いえ、本人がそこにいるものだから」

寿々花の視線の先で、大人になった三瀬朱音が、比奈に絡んでいるようだった。

その様子を見て、寿々花はため息を漏らす。朱音の性格を知っているだけに、彼女が比奈に一般的な祝辞を述べているとは思えない。

――どうやってここに紛れ込んだのかしら……

比奈の知り合いという線はあり得ないだろうが、昂也が招いたとも思えない。

派手な装飾の深紅のドレスを身に纏《まと》い、そのドレスに負けない派手なメイクをしている朱音は、遠目で見てもかなり目立つ。どれだけ人が多くても、あそこまで悪目立ちしていれば嫌でも目に付いたはずだが、披露宴《ひろうえん》で見かけた記憶はない。

おそらく二次会から、知り合いの知り合いといった感じで紛れ込んだのだろう。

そんな推測を立てながら、朱音の死角からそっと二人に近付き、会話に耳を澄ませる。すると、なんともくだらない話が聞こえてきた。

「えっ嘘でしょ。飛行機でエコノミーを使うの？　それじゃあ、チェックインに異様に時間かかるじゃない。空港ラウンジも使えないし、シートだって狭いんでしょ？　私、そんな窮屈《きゅうくつ》な移動には耐えられないわ」

「エコノミーでも、オンラインで予約すれば、それほどチェックインに時間はかかりませんよ。空港のラウンジが使えなくても不自由はないですし、私は小柄だから座席も気になりません」

丁寧に答える比奈に向かって、朱音は馬鹿にしたようにため息を吐く。

「あり得ないわ。だってエコノミーって、国際線でもアメニティ置いてないんでしょ？　そういう安い扱いって、私許せないの」

何故人の結婚式に来て、飛行機のクラスについてここまで絡めるのか。

――まあ、理由はわかっているけど……

自分の方が豊かで恵まれた生活をしていると、知らしめたいのだ。

おそらくこの調子で、朱音はずっと比奈に絡んでいたのだろう。それを見かねた涼子が、寿々花を探しに来たのだと理解する。

――確かにこれは、自分の領分だろう。

寿々花は自分の両頬を軽く叩いて気合を入れると、強気な表情を作って二人の会話に割って入る。

「ビジネスクラスのシートって、完全にフラットにならないって本当？」

突然聞こえてきた声に、朱音の肩がビクリと跳ねた。

勢いよくこちらを向いた朱音が寿々花の顔を見つめ、次の瞬間、驚いた様子で口を開いた。

「あ、あなた、芦田谷さん……？」

「ええ、お久しぶりね」

「どうして貴女がここに⁉」

「新婦の友人なので」

どこか蔑《さげす》みを含んだ朱音の表情に、級友との再会を懐《なつ》かしむ気配はない。

もちろん寿々花にも、彼女との再会を喜ぶ気はないのだが。

そんなことを思いつつ、寿々花はあえていつもとは違う高飛車な口調で朱音に尋ねる。

「私はファーストクラスしか使わないから教えて欲しいの。ビジネスクラスは、食事やアメニティがファーストクラスと違うらしいわね。どう違うのか教えてくれる？」

「……っ」

寿々花の問いに、朱音がグッと唇を噛む。

どう違うかは、ファーストクラスにも乗っていないと説明できないはずだ。エコノミーにこだわる先ほどの会話から、朱音はファーストクラスには乗っていないと踏んだのだが、当たったらしい。

ちなみに寿々花が、さして興味のないクラスの違いを知っているのは、ファーストクラスしか使わないと言うのが嘘だからだ。

なにも知らない子供の頃は別として、寿々花にとって飛行機は単なる移動手段でしかないのだから、必要に応じてビジネスでもエコノミーでも普通に使う。

特に仕事で利用する場合は、席のえり好みなどしていては利便性が損なわれるだけだ。

国際線だって、最近はファーストクラスを減らして、ビジネスクラスを増やす傾向にあるのだから、座席をファーストクラスに限定しているわけがない。

――何故そこに気付かないのかしら？

頻繁《ひんぱん》に利用していれば、簡単に気付きそうなものなのに。

彼女が今なにをしているかは知らないが、実家は確かアパレル関係の事業をしていたと記憶している。

そういえば学生時代、彼女に目を付けられたのも、何気ない会話の中で寿々花がファーストクラスにしか乗ったことがないと口にしたのがきっかけだった。

くだらないことを思い出してしまったと、ため息を吐く。

そんな寿々花の見ている先で、おとなしく会話を聞いていた比奈がおもむろに口を開いた。

「もしエコノミーに興味があるのでしたら、プレミアムエコノミーを試してみてはどうですか？主人も仕事の際によく利用していますが、快適らしいですよ」

明るい表情で、比奈がそうアドバイスする。新婦がはにかみながら口にした「主人」という言葉に、朱音の頬がヒクリと引き攣《つ》ったのがわかった。

そのやり取りに、涼子がクッと喉を鳴らして笑いを噛み殺すと、朱音の頬がまた引き攣《つ》る。

「さすが國原さん、正しくお金を使うポイントをわかっていらっしゃる」

持っているからといって、ひけらかせばいいというものではない。

澄ました顔で比奈と会話する寿々花に、朱音の表情が歪《ゆが》んだ。だがすぐに、意地の悪い表情を浮かべる。

「ふーん。そういう人だから、結婚もリーズナブルなところで済ませたのでしょうね。お気の毒様」

最後の「お気の毒様」のところで、朱音が寿々花に意味ありげな視線を向けてくる。それが気になったが、そんなことより、大切な友人をバカにするような彼女の発言は許せない。

不快感を隠さずに朱音を見ると、彼女はターゲットを寿々花に移したらしい。かつてよく見た、嘲《あざけ》りの表情を向けてくる。

「そういえば芦田谷さん、随分雰囲気が変わったのね。昔と違って派手になってるから、一瞬、誰かわからなかったわ」

だからなに？　と、寿々花が視線で問いかける。

朱音は、わざとらしくはしゃいだ声を出した。

「だって学生時代の貴女って、いかにも数学オタクって感じでダサかったじゃない。あまりに別人すぎて、整形を疑うレベルだわ」

朱音が口元を手で隠してキャハハと、甲高い笑い声を上げる。そのまま、意地の悪そうな顔で寿々花と比奈を交互に見ながら言う。

「もしかして、黒歴史だったりする？　今のオトモダチに内緒にしてたなら、ごめんなさいね。でも面白いから、今度昔の写真を見せてあげるわよ。笑えるから」

やけにテンションの高い朱音の狙いは、なんとなくわかる。

寿々花が冴えないオタク女子だった過去を隠していると思い込み、それをバラすことで、寿々花に気まずい思いをさせたいのだろう。

そんな朱音の思惑とは裏腹に、朱音のテンションに驚き一瞬目を丸くした比奈が首を横に振る。

「見なくても知ってます。でも、なにが笑えるのかわかりませんけど」

比奈の返事に、朱音が面白くなさそうな顔をした。相手の痛いところを突いたつもりが、あっさりかわされ面白くないのだろう。

昔とまるで変わらない彼女の態度に、寿々花はそっと息を吐いた。

いついかなる場所でも、自分が優位に立っていないと気が済まないのだ。

——だからって、いつまでもそれが通用すると思っているなら大間違いよ。

わざわざこの場所に来たのだから、他にもなにか目的があるのかもしれないが、いい迷惑だ。

——この手はあまり使いたくないんだけど……

大切な友人の結婚式で、これ以上朱音に空気を悪くされるよりよっぽどいい。そう結論付けた寿々花は、彼女に顔を寄せた。

「もしかして貴女、本気で芦田谷家と喧嘩をしたいのかしら？」

「——っ」

その一言で、朱音の顔が強張《こわば》る。

微かに体を後ろに引いた朱音の目をまっすぐ見据え、自分がその気になれば、ただの脅しでは済まないのだと暗に告げる。

自分の家が政財界でどのくらいの影響力を持つかは承知している。

学生の頃ならいざ知らず、朱音にもその言葉の意味するところはわかったはずだ。

「……っ」

顔色を失った朱音は、悔しげに唇を噛みその場を離れていった。

本来なら謝罪を求めたいところだが、これ以上彼女と言葉を交わすのも面倒なのでそのまま見送る。そんな寿々花の脇腹を、比奈がつついてきた。

「私のせいで、嫌なこと言わせてごめんなさい」

寿々花が家の名前を使うのを嫌っていることを知っている比奈が、申し訳なさそうに肩を落とす。

その姿に、先ほどの尚樹を思い出した。

彼の謝罪に何故か心が和《なご》んだのは、たぶん比奈のようだと思ったからだろう。

「貴女の後ろ盾になりたいと申し出たのは、私の方よ。こういう時のために、私がいるの」

これくらいたいしたことないと笑顔で返し、レストランの中を見渡す。すると、自分に向けて視線で礼を言う昂也と目が合った。でもその隣に、尚樹の姿はない。

「……」

何気なく首を動かし、尚樹の姿を探してしまう。

だけどすぐに、自分らしくないと思い至り、彼を探すのをやめた。

2　再会

比奈と昂也の結婚式から十日後。

技術開発室でデータの確認をしていた寿々花は、先輩の松岡晃《まつおかあきら》に声をかけられ顔を上げた。

目が合うと、何故か松岡が驚いた様子で後ずさる。

自分から話しかけておきながら、寿々花が反応する度過剰に驚くのは、もはや彼の癖のようなものなので気にしないことにしている。

「来客。応接室に、本社から」

寿々花が籍を置く技術開発部は、クニハラの本社から少し離れた郊外にある。そのため、本社から来客があるのは珍しくなかった。

打ち合わせの場合、会議室で話をするのが常だが、今日は違うらしい。

松岡にお礼を言い、席を立つ。

その背中に、松岡が「専務だから」と、追加情報を伝えてくる。

「専務……」

それは少し珍しい。

専務の昂也は忙しい人なので、よほどのことがない限りここを訪れることはない。

悪い知らせでありませんように、と祈りながら寿々花は足早に応接室へ向かった。

「失礼します」

ドアをノックして中に入ると、昂也が悪戯《いたずら》っぽい表情を見せる。

「やあ、柳原さん」

「えっ？」

昂也の言葉に小さく目を見開くのは、技術開発部の責任者である江口良和《えぐちよしかず》だ。

「冗談だ。この前は、式に出席してくれてありがとう、芦田谷君」

驚く江口を尻目に、昂也が涼しい顔で言う。

「いえ。その節は、失礼いたしました」

頭を下げげつつ、勧められるままソファーに腰掛ける。

そんな寿々花を見てくすりと笑った昂也だったが、すぐに表情を改めて仕事の話を始めた。

「他社との自動運転システムの共同開発ですか」

話を最後まで聞いた寿々花が、思わずといったように言葉を漏らす。それに、昂也が深く頷いた。

「そうだ。まだ調整をしている段階なので内密にして欲しいのだが、レベル5の自動運転システムを構築するために、ＡＩ開発のノウハウに長《た》けた他社との連携を考えたい」

世界的自動車メーカーであるクニハラ。その国内商品に搭載されている自動運転システムは、現在レベル2。部分的に運転を自動化しているレベルだ。

運転を完全自動化するレベル5のシステムも、限定的な条件下でのテスト走行までは進んでいるが、実用化に辿《たど》り着くまでにはまだまだ課題も多い。

自動運転において、AIに求められるものは大きい。様々な状況に応じた空間把握能力はもちろん、アクシデントへの適切な対処法や咄嗟《とっさ》の判断能力も必要になってくる。そして、それだけの処理をAIに任せる以上、ハッキング対策などセキュリティの強化も欠かせない。

人の命を預かるのだから、念には念を入れて取り組む覚悟が必要だ。

今までも、必要に応じてアドバイザー契約をしている有識者に意見を求めてきたが、AI開発がより一層重要視されるこれからは、専門の企業と二人三脚でシステム開発にあたっていくのだという。

現在、業務提携先として、SANGI《サンギ》というIT企業が内定しているそうだ。

「まだ交渉中で、SANGIで決定というわけじゃない。そこで、正式な契約を結ぶ前に、一度相手側の担当者や社長を交えた食事会を開くつもりだ。そこで、今後の方針や互いの希望を擂り合わせたいと考えている」

「はあ……」

それが自分とどう関係しているのだろうと首をかしげる寿々花に、昂也が告げる。

「このプロジェクトは、芦田谷君に陣頭指揮を執ってもらう予定だ。だから、君にもその食事会に同伴してもらい、先方の技術力のほどを判断して欲しい」

突然のことに戸惑い、寿々花は隣に座る江口の顔色を窺う。どうやら、既に昂也との話し合いは済んでいるらしく、冷静な表情で寿々花の回答を待っている。

責任の重さを感じながら、寿々花は昂也と江口がいいのならと承諾した。そんな彼女に、昂也はSANGIの技術者と、過去に手掛けたプロジェクトに関する資料を渡し、食事会の場所と時間を告げた。

話を終えた昂也を車まで送ることになった寿々花は、二人きりになったタイミングで彼の友人に名前を偽ったことを詫びた。

「まあ、わからなくもないよ。芦田谷は重い名前だ。油断すると、君個人の私生活を侵食してくるからな」

昂也の言葉に、寿々花はそっと視線を落とす。

「國原さんは、自分の生まれを窮屈《きゅうくつ》に思ったことはないんですか？」

寿々花が抱える息苦しさを、昂也も感じたりするのだろうか。

昂也は軽く肩をすくめてみせる。

「そのように生まれてしまったからな。家族にも会社にも愛着があるから、手放すわけにはいかない。君も芦田谷の人間であることをやめられないのなら、自分なりに上手《うま》く折り合いを付けていくしかないんだよ」

そう言って、昂也はそっと笑う。だが、すぐに真面目な顔で付け足した。

「俺は常々、部下には『面倒事から逃げるな。面倒だからといって問題を先送りにすると、大抵事態は悪化する』と教えている。そのことを忘れないように」

咄嗟《とっさ》に名前を偽ったところで、寿々花が芦田谷家の人間である事実は変わらない。その事実から目を逸らしても、なんの解決にもならないと言いたいのだろう。

「わかってます」

あの時はいろいろとタイミングが悪くて、本当の名前を言い出せなくなってしまったのだ。

それでも嘘はよくなかったと反省する寿々花に、昂也が意味ありげに笑った。

「まあ、嘘の代償は、近いうちに支払うことになるよ」

その意味を問う前に、車に辿《たど》り着いてしまった。

運転手が恭《うやうや》しく頭を下げ、彼のために後部座席のドアを開ける。それに応《こた》える昂也の顔は、気さくな友人の夫ではなく、大企業の重役の顔をしていた。

「では、食事会は頼むよ」

そう言い残し、昂也は去って行った。

◇　◇　◇

食事会は、その週の金曜日に開かれることになった。

当日、事情を知る江口に定時であがらせてもらった寿々花は、待ち合わせ場所へと向かう。

「まだ誰も来てないのかな？」

都内にあるホテルのラウンジに着いた寿々花は、周囲を見渡し見知った顔がいないことを確認すると、入り口から見えやすい席を選んで腰を下ろす。

約束の時間まで三十分ほどあるので、寿々花はタブレットを出して読書を始めた。

読書といっても、寿々花が読むのはたいてい数学の論文だ。

若い研究者の論文は、拙《つたな》い部分もあるが発想が柔軟で面白い。暇つぶしにはちょうどいいと読み始めた寿々花は、いつしか論文に集中してしまっていたらしい。

ふと時間が気になって顔を上げた次の瞬間、大きく背中を仰《の》け反《ぞ》らせる。

「――っ！」

いつの間にか、自分の席と通路を挟んだ向かいのソファーに、見知った顔が座っていた。しかも相手は、ソファーの肘掛けに頬杖をつき、じっと自分を眺めているではないか。

「熱心だな」

「……鷹尾さん」

ゆっくりと立ち上がった尚樹は、薄い笑みを浮かべてこちらへ歩み寄ってくる。そのしなやかな足取りは、まるで獲物《えもの》を前にしたネコ科の大型獣を思わせた。

今日の尚樹の装《よそお》いは、先日に比べると華やかさは控えめだ。しかし、質のよいビジネススーツを優雅に着こなす彼には、強烈な存在感がある。

――まさか、こんなところで会うなんて……

もう二度と会うことはないだろうと思っていたのに。

「また会ったな」

気まずさから愛想よく微笑む寿々花の向かいに、尚樹がドスッと腰を下ろす。

「あの……、私は人と待ち合わせをしているんですけど」

「俺もだ」

長い手足を持て余すように股を広げて座る尚樹は、寿々花がテーブルの上に置いたタブレットを手に取る。

「あっ」

タブレットを奪われて戸惑う寿々花に構うことなく、尚樹は画面をスクロールさせる。

そしてそこに書かれている内容を確認して、不思議そうな眼差しを寿々花に向けてきた。

「なんだ……随分いい顔で読みふけっているから、恋人からのメールか、恋愛小説かと思ったのに。それ数学の論文だろ？　しかも英文」

つまらないといった表情で、尚樹がタブレットを返してきた。

「恋人はいませんし、恋愛小説なんて疲れるものも読みません」

思わず不満げな表情で言い返し、寿々花はタブレットを受け取る。

「疲れる？」

「恋愛小説には、駆け引きや嫉妬《しっと》心のような疲れる内容が多いので」

その点数学は、駆け引きも裏切りもなく、ただ純粋な問いと解答があるだけだ。

もっとも誰かが和訳してくれるのなら、寿々花だって日本語の方が楽だとは思う。

「純粋だな」

尚樹の呟きに、寿々花の眉がピクリと跳ねる。

「子供扱いしないでください」

「そんなつもりはないよ。恋愛小説を読んで疲れるのは、それだけ感情移入しているってことだ。きっと君は、実在しない物語の登場人物のために泣いたり喜んだりするんだろう？　その感情の柔軟さを褒《ほ》めただけだ」

不機嫌さを隠さず食ってかかった寿々花を、尚樹が優しく諭《さと》す。しかしすぐに、からかうように付け足した。

「ただし、純粋と言われて腹を立てるのは、いささか子供っぽいと思うが」

「……」

なんともいえない表情を浮かべる寿々花の顔を、肘掛けに頬杖をついて尚樹が観察してくる。その表情が、余裕綽々《よゆうしゃくしゃく》といった感じで面白くない。でもここでなにか言い返したら、また子供っぽいと言われてしまう気がした。

――この人といると、上手《うま》く自分を保てない。

寿々花は、心の中でため息を漏らす。

「申し訳ないのですけど、仕事の待ち合わせをしていますので……」

だから貴方と話している暇はありませんと、そつのない笑みを添えて伝える。すると尚樹が「奇遇だな」と返した。

「俺も、ビジネスの話をするためにここに来た」

「……」

その瞬間、寿々花は息を呑んだ。

先日、昴也は「嘘の代償は、近いうちに支払うことになる」と話していた。

そして、昴也に指示された待ち合わせ場所に、ビジネスの話をするために来たと言って尚樹が現れたのだ。

嫌な予感に頬を強張《こわば》らせる寿々花を見て、尚樹が目を細める。

「この前、クニハラの社員とは聞いていたけど、今日の同伴者が君だとは思わなかったよ」

尚樹の言葉に、体からどんどん血の気が引いていく。そんな寿々花に、尚樹が右手を差し出してきた。

「改めまして柳原寿々花さん。ＳＡＮＧＩの社長をさせてもらっている鷹尾尚樹だ」

あまりの展開に、目眩《めまい》を覚える。

神様に、嘘をついたお仕置きを受けた気分だ。

「あの、実は……」

さすがにこれ以上嘘をつき続けているわけにはいかない。そう覚悟を決めた時、こちらへ近付いてくる人の気配を感じて言葉を止めた。

「申し訳ない。待たせたな」

爽《さわ》やかな口調で昴也が挨拶《あいさつ》してくる。寿々花は立ち上がりつつ、あまりのタイミングの悪さに頭を抱えたくなった。

そんな寿々花の胸の内に気付く様子もなく、同じように立ち上がった尚樹が鷹揚《おうよう》に笑う。

「俺と柳原さんが、早すぎただけだ」

「やな……」

尚樹の言葉に、昂也がもの言いたげな視線を向けてくる。寿々花は視線を逸らしながら、心の中で「すみません。ちゃんと本当のことを話そうと思っていたんです」と言い訳した。

「奥さんは？」

尚樹に問いかけられ、小さくため息を吐いた昂也は、寿々花の名前の件に触れることなく尚樹へと視線を向けた。

「別件を任せている。とりあえず、お前のところの社員が来たら、場所を変えるとするか」

そう話す昂也が空いていたソファーに腰掛けようとすると、尚樹がそれを制した。

「ウチの社員は、俺が帰らせた」

さらには、昂也に向かって「ついでに、お前も帰っていいぞ」と、虫を払うようにシッシッと手を動かす。

「おい、帰っていいって……」

昂也が困惑した表情を見せる。

「相手が柳原さんなら、初対面というわけでもないし、ウチのことなら大抵は俺が説明できる。どのみち、今後は柳原さんと話すことになるんだから、予行練習みたいなものだよ。奥さんが働いてるなら、今日は早く帰って家のことでもしておいてやれよ」

「しかし、彼女は……」

昂也が思案げに寿々花を見る。だがすぐに、大きく頷いた。

「確かに、俺は帰った方が話しやすいかもしれない」

「そんな、國原さんっ」

悲鳴に近い声を上げる寿々花に、昂也が言う。

「いろいろと、自分の頭で考えて判断するように。それと、ちゃんと説明するんだ」

ちゃんと説明しろ……とは、もちろん名前のことだ。

きちんと自分の意思で本名を告げ、嘘をついたことを謝罪しなさいとのお達しに、寿々花は承知いたしましたと項垂《うなだ》れるしかなかった。

昂也は予約してある店の名前を告げると共に、人数が減ってしまったことへの詫びを指示することも忘れない。

「これも、いい勉強だ」

昂也は、情けない顔をする寿々花の肩を軽く叩いて帰って行った。

「……」

立ち去る昂也の背中に深く頭を下げた寿々花は、姿勢を正して尚樹を見る。

――今度こそちゃんと名乗って謝ろう。

覚悟を決めた寿々花が口を開くより早く、尚樹が言った。

「そんなに怯《おび》えなくても、取って喰ったりしないよ。もしかして、男と二人で食事をしたことないのか？」

「──っ！」

大きく目を見開いた寿々花は、ポカンと口を開ける。

「怖《お》じ気《け》づいてないで、ついてこい。別にビビるようなことじゃないよ」

挑発するような視線を向けた尚樹は、顎《あご》を動かし寿々花を誘う。

──どうして私が、この人に怖《お》じ気《け》づくのよっ！

寿々花はムッと口を一文字に結び、彼の後を追った。


予約を入れていた割烹《かっぽう》料理店に入り社名を告げると、すぐに個室へ案内された。

案内してくれた女将《おかみ》に、当初の予定より人数が減ったことを謝罪すると、既に昂也から連絡があったとのことだ。

寿々花には自分で伝えるよう指示していた昂也だが、一応連絡を入れておいてくれたらしい。

──ついでに、鷹尾さんにも私の名前の件を伝えておいてくれたらいいのに……

彼と向き合い、お品書きに視線を落とす寿々花は、そんなことをふと思う。

だが昂也の性格からして、そんなことはあり得ない。

どのタイミングで伝えればいいのだろうかと尚樹を窺うと、酒を頼み終えた彼が寿々花に視線を向けてきた。

「他に頼みたいものでも？」

食事はお任せのコース料理なので、酒以外、特に頼む必要はない。お品書きを開いているのは、手持ち無沙汰からだ。

「特にないです」

「そう。じゃあ、これで」

尚樹の言葉に、女将《おかみ》が頷く。

女将《おかみ》が退室してしまうと、いよいよ尚樹と向き合うしかなくなる。

「……あの、名前なんですけど……」

思い切って切り出した言葉に重なるように、尚樹が口を開いた。

「そういえば君は、國原の奥さんとは長い付き合いなのか？」

「え、いえ……まだ二年にもなりませんが」

出鼻をくじかれた形になり、寿々花はため息を吐きつつ答える。

「そうか……」

目の前で不思議そうな顔をする尚樹に首をかしげた。

「それがなにか？」

「ああいや……二次会で見かけた印象から、長い付き合いなのかと思っただけだよ」

「そうですか」

そう言ってもらえるのは素直に嬉しい。

フッと表情を緩ませる寿々花に、尚樹も表情が和《やわ》らぐ。

「二次会で俺と話した後、客に絡まれていた新婦を助けに行っただろう。今にも相手に噛み付きそうな姿は、遠目に見ても凛々《りり》しくてかっこよかった」

「ああ……」

朱音とのやり取りを、見られていたらしい。

「君が好戦的な性格をしているとは思えない。あえてそんな態度を取っていたなら、きっとそれだけ新婦に対する思い入れが強いからだろう？　だから、長い付き合いかと思ったんだ」

「……そういうのは、出会ってからの時間の長さではなく、どれだけ相手に魅力があるかだと思います」

「確かに……」

寿々花の言葉に、尚樹が柔らかな表情で同意し、大人が子供を褒《ほ》めるような優しい口調で言う。

「君は、大事なことを見誤らない。その感覚は大事にするべきだ」

彼の言葉になんとも言えない気恥ずかしさを覚えて、寿々花は困り顔を見せた。

「そういえば、さっき名前がどうとか言わなかった？」

「あ、えっと……」

褒《ほ》めてもらったタイミングで切り出すのも……と思いつつも、寿々花が言葉を発しようとした時、最初の料理と酒が運ばれてきてしまった。

再三出鼻をくじかれ、ますますタイミングが掴めなくなる。

それに食事会に来て、料理に箸《はし》を付ける前に尚樹の気分を害してしまったらと悩んでしまう。

仕方なく謝罪の件は後回しにして、会社名について気になっていたことを口にする。

「ＳＡＮＧＩって、和算で使う算木《さんぎ》のことですか？」

すると、尚樹が嬉しそうに目を細めた。

「当たり。会社を興《おこ》して十年以上になるが、それに気付いた人は君が初めてだ」

「会社は、自分で創業されたんですか？」

「ああ。最初は金がなくて苦労したよ」

そう話す尚樹に、それほど苦労した印象は受けない。

彼の纏《まと》う空気や身のこなし、昂也と親しげに話す様子から、裕福な家庭に生まれ、親の会社を引き継いだ若社長だとばかり思っていた。

それに創業十年以上ということは、この人は何歳なのだろう。

――私より少し年上くらいに思っていたけど、もしかして……

彼の鷹揚《おうよう》な雰囲気が年齢からくるものだとしたら、これまでの寿々花の態度は失礼だったかもしれない。

「随分、お若く見えますね」

生意気な態度を取って申し訳ありません。そんな思いを表情に滲《にじ》ませる寿々花に、尚樹が嫌そうな顔をする。

「幾つだと思われているか知らんが、國原と同い年だからな。アイツとは、大学の同級生だ」

ということは、今年で三十三歳だ。それはそれで、起業時の年齢に驚く。

「ＩＴは、パソコン一つあれば起業できる。二十代の社長なんて珍しくないよ」

「確かにそうですけど……」

先日昂也からもらった資料に示されていたＳＡＮＧＩの実績を考えると、社長をはじめよほど優秀な社員が集まっているのだろう。

——ということは、会社勤めをした経験がないということか。

だとすれば、思ったことを遠慮なく口にする彼の我《が》の強さにも納得がいく。

そういう人ならよく知っていた。自分の父親がそうだ。

人間として好きになれるかは別として、悪意はなくそういう人なのだと納得すると、彼の言動に怒ってもしょうがないと諦めがつく。

寿々花の表情が緩んだことで、尚樹の笑みが深まる。

それだけで、部屋の空気が和《なご》むから不思議だ。

「君の大学の専攻は？」

「数学です」

「卒論の課題は？」

「スペクトラルグラフ理論と周辺領域に関してです」

「理学部？　工学部？」

「理学部です」

「なるほど、ガチの数学オタクか」

彼の性格さえ理解できれば、からかうような口調にも、いちいち目くじらを立てたりしない。

「そうですね。ガチガチの数学オタクです」

寿々花が素直に認めると、尚樹が柔らかな表情で酒を飲む。

「若いうちから自分の好きなものがわかっているのは、幸せなことだ。他人の言葉に踊らされることなく、自分の進む道が選べる」

自然体な彼の口調に、こちらの毒気が抜けていくようだ。

「……鷹尾さんこそ、迷いなく生きてそうですね」

数学を除けば、あれこれ悩んで、いろいろなものを諦めてしまう寿々花には羨《うらや》ましい話だ。

「そうだな。悪くない人生だ……。ここで満足する気はないが」

手酌で酒を注《つ》ぎそれを呷《あお》る尚樹は、視線に野心を滾《たぎ》らせる。

「だから、今回のクニハラとの商談は、是非とも成功させたい」

それならばクニハラの社員である寿々花に、もう少し気を遣った物言いをすればいいのに。

だが、おべっか使いの廣茂の取り巻きに日々辟易《へきえき》している身としては、媚《こ》びたり謙遜したりせず、まっすぐ野心を向けてくる尚樹の姿は清々《すがすが》しく映った。

「自信がおありなんですね」

彼の言葉の意味するところを正しく読み取り、寿々花が言う。尚樹が強気な笑みを浮かべた。

「國原は、いい意味で仕事に私情を挟む人間じゃない。チャンスはくれても、その先はこちらの実力次第だ。自信と覚悟がなきゃ、この場所には来てないよ」

「そうですね」

尚樹の言葉に深く頷く。

それをわかってこの場に座っているということは、確かな仕事ができるという自信があるからだ。

そして昂也は、その大事な場を寿々花に任せた。

――なるほど、そうか。

納得したと、大きく頷く寿々花は、自分の前に置かれていた盃《さかずき》を手に取り中身を飲み干す。

濡れた口元を人差し指で拭《ぬぐ》いつつ、尚樹に真剣な眼差しを向けた。

「では、そろそろ仕事の話をしましょうか」

昂也がこの場を寿々花に任せたのは、尚樹を信頼するのと同じように、寿々花のことも信頼してくれているからだ。

さっき昂也が言っていた「いい勉強」とは、嘘をついたことへの罰というよりは、この先寿々花が仕事を続けていく上で必要になる経験を積め、という意味が含まれていたのだろう。

それならば寿々花は、その期待に応《こた》えるまでだ。

真剣な眼差しを向ける寿々花に、尚樹が表情を改める。

「いい顔だ」

満足げに呟き、居住まいを正した彼に、寿々花は質問をしていくのだった。

寿々花が店を出ると、雲に霞《かす》んでおぼろげな繊月《せんげつ》が浮かんでいた。

「すっかり夜だな」

声のした方へ視線を向けると、一足遅れで店を出てきた尚樹が、腕にかけていたジャケットを羽織っていた。

「そうですね」

「この後どうだ？」

「どうって？」

小さく首をかしげる寿々花に、尚樹がやれやれといった感じで笑う。

「仕事の話は十分した。気分転換に、少し飲んで帰らないかと誘っているんだ」

「えっと……」

寿々花は喉に手を添える。酷く喉の渇きを感じた。

尚樹に合わせて、辛口の日本酒を飲んだからだろうか。

――水分が足りていないというより、喋《しゃべ》りすぎて喉が嗄《か》れている感じだ。

さっきまでの話し合いの内容を思い出し、寿々花はそんなことを思う。

最初、技術担当者を帰らせたと聞いた時は、ふざけているのかと思ったが、話をしてみて「自分が対応できる」と断言した意味がわかった。

尚樹はしっかりとした知識を持っており、寿々花の質問にも問題なく対応できた。

おそらく彼は、経営だけでなく、ＳＡＮＧＩのシステム構築にもかなり関わっているのだろう。

もちろん、専門的な知識においては寿々花の方が勝《まさ》っている。しかし、経営者としての彼の意見はとても勉強になった。

尚樹と話していて気付いたのは、自分がソロバン勘定的な数字にはまったく興味がないということだ。研究職としては、ある意味当然なのかもしれないが、尚樹は両方の視点で話をする。そのバランス感覚には素直に敬意を持った。

「もう一軒……」

先ほどまでの尚樹との語らいを思い出すと、そそられる提案だ。

散々話したはずなのに、まだ話し足りない気がしてしまう。

寿々花は、チラリと腕時計を確認する。

時間は二十一時少し前。明日は休みだから、普通ならこのままもう一軒飲みに行っても問題ない時間だ。だけど……

——門限を考えると、もう一軒は微妙よね。

移動時間を考えたら、二十三時の門限までに家に着くのは難しい気がする。遅くなって、父の廣茂に騒がれるのも面倒だ。

あれこれ考えた末断ることに決めた寿々花に、尚樹が薄く笑う。

「別に、無理にとは言わないよ」

彼らしい挑発だ。ホテルのラウンジで「怯《おび》えなくても……」と、からかい混じりに食事へ連れ出されたのを思い出す。

悪意がないとわかっていても、彼に男性と二人で飲みにも行けない臆病者と思われるのは、なんだか面白くない。

一瞬のうちに頭の中でタイムスケジュールを組み立てた寿々花は、不敵な表情で挑むように告げる。

「飲みに行ってもいいですけど、退屈なお喋《しゃべ》りに時間を費やすくらいなら帰ります」

すると、尚樹の眉が微かに動く。

その表情の変化に、寿々花は内心ほくそ笑んだ。

――これで布石《ふせき》は完璧。

こう言っておけば、寿々花のタイミングで帰ってもなんら不自然ではない。臆病者と思われる心配も消えて一石二鳥だ。

我ながらいい対応だと思う寿々花に、尚樹が意味ありげな視線を向ける。

「了解した」

短く答えるなり、慣れた様子で腰に腕を回そうとしてくる。

寿々花は、素早くその手を払って言った。

「エスコートされなくても、自分の足で歩けます」

上目遣いで睨《にら》む寿々花に、尚樹は気を悪くする様子もなく肩をすくめて歩き出す。

「じゃあ、俺の後を追いかけてくるといい」

「……っ」

――言い方がいちいちムカつく。

言われるまま彼の後ろをついていくのは面白くないので、尚樹と並んで歩き出す。そんな寿々花のバッグの肩紐に、尚樹が指を絡めてきた。

革製のトートバッグは、A4サイズの書類がすっぽり入る女性向けのビジネスバッグだ。肩紐が細いデザインで、そこに指を絡められると、自然と肩が引っ張られてしまう。

咄嗟《とっさ》に肩に力を入れて踏ん張れば、尚樹が真面目な顔で言った。

「見失われると面倒だ」

「……」

こんなに存在感のある人を見失うわけがない。しかし、それを言葉にするのも面白くなくて、渋々ながら寿々花は彼に引かれて歩き出した。

尚樹が寿々花を案内したのは、商業ビルの高層階にあるバーだった。

「月が見える席で」

出迎えたウエイターに、尚樹がそう告げる。

さっき寿々花が月を見ていたことに気付いていたのだろうか。

そんなことを考えつつ、一人がけのソファーが二つ並んだ席に腰を下ろした。思った以上に柔らかい座面に体が深く沈み込み、背を預けると自然に視線が空へ向く。

注文を済ませ視線を空に向けると、そこには儚《はかな》げな繊月《せんげつ》が浮かんでいた。

隣に座った尚樹が黙って月を眺めているので、寿々花もそうする。

しばらくして飲み物が運ばれてきた。

尚樹は軽くグラスを掲げて、静かに口を付ける。寿々花も、自分のグラスに口を付けた。よく冷えた甘いピーチリキュールが喉を撫でていく感覚に自然と表情が綻《ほころ》ぶ。

ふと視線を感じてそちらに顔を向けると、自分を見つめる尚樹が親しげに目を細めている。

「――っ！」

薄暗い照明の下、仄《ほの》かなキャンドルに照らされた彼の顔は、色気があって美しい。

思わず手を伸ばして触れてみたい衝動を、寿々花はグッと堪《こら》える。

「そういえば、なんでクニハラに転職したんだ？　前のとこは給料を含めて研究者の待遇は悪くないよな。というより、かなりの優良企業じゃないのか？」

食事の際、流れで寿々花が転職したばかりであることを話していた。その際告げた、以前の勤め先を、尚樹は知っているらしい。

「いい職場でしたよ。でも、クニハラで働く方に、より魅力を感じたので。ちょうどその頃、國原さんの奥さんと出会って、彼女と一緒に働きたいと思ったんです。言ってみれば、会社ではなく人に惚れての転職ですね」

「なるほど」

納得した様子で、尚樹は一口酒を飲んで言った。

「君と國原の奥さんは、なんか似てるよな」

「えっ？」

思いもよらない言葉に驚く。そんな寿々花に、尚樹がフォローするように言葉を足した。

「もちろん、君の方が美人だが」

「それは、彼女に失礼ですっ！」

尚樹の言葉に、即座に言い返す。

「すまない。ただなんとなく、こうと決めたらなんの打算もなく荒波に飛び込める強さを持っているところが似ているように感じたんだ。一般人が國原家の嫁になるなんて、よほどの覚悟がなきゃできないだろ？」

だとすれば、それこそ自分と比奈は似ていない。もし尚樹が転職のことを引き合いにそう感じているのなら、それは過大評価に他ならなかった。

「私が転職したのは、比奈さんの前向きなパワーに触発されて、いつもより大胆な行動に出られたからです」

そう零す寿々花に「謙遜するな」と、尚樹が笑って言う。

「謙遜じゃありません。彼女は、私と違ってとても勇敢で素敵な人です！」

言い切った寿々花はホウッと息を吐き出し、グラスに口を付けた。

冷たく甘いアルコールが、優しく喉を撫でる。

「國原の奥さんは、勇敢なんだ」

「勇敢です。だから、國原さんは彼女を選んだんです」

それを自分のことのように、誇らしく思う。

気付けば寿々花は、比奈の素晴らしさと共に、自分がいかに彼女から影響を受けたかを話していた。尚樹はそれを時々相槌《あいづち》を打ちながら、ソファーの肘掛けに頬杖をついて聞いている。

からかったり挑発したりする様子のない彼に、寿々花の話も弾んでしまう。

ひとしきり耳を傾けていた尚樹が、しみじみとした感じで口を開いた。

「國原の奥さんが君の言うような人なら、間違いなく君も勇敢だよ」

「……？」

――どうしてそうなるのだろう。

不思議そうに目を瞬《またた》いた寿々花に、尚樹が自信たっぷりに答えた。

「友達は自分の鏡だ。自慢できる友達がいるなら、その人のために、もっと自分に自信を持った方がいい」

その言葉にハッとする。

寿々花の表情を窺いながら、尚樹はゆっくりと言葉を続けた。

「俺は、友達のためにも自分を安く評価したりしない。それは、俺を信じる友に失礼だ」

その一言は、寿々花にというより、自分自身に向けられたもののように感じた。

と同時に、寿々花自身も考えさせられる言葉だった。

比奈や涼子の友達として、恥ずかしくない自分でいたい。

そんな気持ちを胸に抱《いだ》きながら何気なく腕時計を見た寿々花は、息を呑んで青くなる。

気付かぬうちに、随分と話し込んでいたらしい。いつの間にか、二十二時を大幅に過ぎていた。

今すぐ帰っても、門限に間に合うか微妙な時間だ。

「えっと……そろそろ」

最初の予定では、少し飲んだらタイミングを見計らって、退屈を理由に帰るつもりだった。だけどここまで会話が弾んだ後では、その理由は使えない。

しかも寿々花の方から積極的に話しておいて、それはないだろう。

帰りたいのに帰ると言い出しにくい。なにも言えずに見つめていると、寿々花の方に身を乗り出してきた尚樹が囁《ささや》いた。

「部屋を取る？　それとも、俺の部屋に来る？」

「……？　――っ！」

普段投げかけられることのない問いかけに、頭がフリーズする。

数秒遅れで、彼の言わんとしていることを理解した。

その瞬間、弾かれたように仰《の》け反《ぞ》り、背中を尚樹とは反対の肘掛けに密着させる。そのまま首を横に振って言った。

「もっ……門限があるので帰ります」

その言葉に、数秒ぽかんとして動きを止めた尚樹は、クッと喉の奥で笑いを押し殺す。

「その切り返しは初めてだ」

口元を拳《こぶし》で隠しつつ、尚樹が目尻に皺《しわ》を寄せる。

その言い方からして、彼は女性を部屋に誘うことにも、断られることにも慣れているのだとわかった。

断られることがあっても、それを気にせず女性を誘える。

ということは、それなりの成功率を収めていて……

この場合、彼のメンタルとプライドの比率を考慮する必要があって……

酔った頭が、答えがどこにあるのかわからない確率計算を始める。

そんな寿々花に、特に気を悪くした様子のない尚樹が言った。

「すまない。飲みに誘った時の君の言葉から、誘っていいのかと思った」

そう言われて、寿々花は記憶を探る。

退屈なお喋《しゃべ》りに時間を費やすくらいなら――という言葉のどこに、そんな意味があったのか。

寿々花にはさっぱりわからないが、女性慣れしている尚樹が言うのだからそうなのだろう。

「……すみません」

どうやら言葉選びを間違えたらしい。

我ながら、上手《うま》く大人の対応ができたと思っていたのに……

寿々花は、綺麗な眉を曲げ途方に暮れる。

「こちらこそ、気を悪くさせたのなら申し訳ない。門限があるなら急いだ方がいい」

そう言って立ち上がった尚樹が、手を差し出してきた。差し出された手を断る気分になれず、素直にその手につかまり立ち上がる。

尚樹が、門限を信じているとは思えない。しかし、いい年をした大人に未だ門限があるなんて、恥ずかしくてそれ以上言葉が出てこなかった。

「……」

無言のまま寿々花が立ち上がると、尚樹は手を離し歩き出す。

そして、当然のように二人分の支払いを済ませると、エレベーターホールへと向かった。

「あの、ごめんなさい」

尚樹の背中を追いかけ、消え入りそうな声で謝る。

エレベーターのボタンを押した尚樹が、不思議そうにこちらを見た。

「なにが？」

「その……ずっと研究一筋できたせいで、男女の機微に疎《うと》い面があって、悪気はないんです」

酔った頭であれこれ考えた挙句口にした言葉に、尚樹は一瞬目を丸くし、すぐに目尻に皺《しわ》を寄せてクシャリと笑った。

「君は、相変わらず面白い。大人びて見えたり、危なっかしく見えたり。表情一つで雰囲気がころころ変わる。興味深くて、つい立場を忘れて誘ってしまった」

その言葉で、彼とはこれから仕事で付き合っていくかもしれない関係であることを思い出す。

「ごめんなさい」

寿々花が改めて謝罪の言葉を口にした時、エレベーターが到着した。

扉が開くのを待つ間、寿々花を横目で窺っていた尚樹が口を開く。

「そんな顔で謝るのは、卑怯《ひきょう》だよ」

「え？」

不思議そうな顔をする寿々花を残して、尚樹はそのままエレベーターに乗り込む。慌ててその後に続いたら、バランスを崩しそうになった。

すかさず手を伸ばして寿々花を支えた尚樹が、顔を寄せて囁《ささや》く。

「帰すのが惜しくなる」

「今すぐ帰りますっ！」

門限を一分でも過ぎると、面倒なことになる。

遅くなった寿々花を叱るだけなら反抗のしようもある。だが、父である廣茂の場合、部下をはじめ自分の権力が及ぶ全てを使って、寿々花の安否確認をしようとするのだ。

そうなると、多方面に迷惑がかかるし、寿々花自身も相当恥ずかしい思いをすることになる。

寿々花の迷いのない声に、尚樹が腕時計を確認する。

「家はどこ？」

「えっ？」

「こんな時間だ、家まで送らせてくれ」

「家は……」

テレビや小説のネタとしても、お金持ちの象徴のように扱われている地域にある。

由緒ある高級住宅街の名前を言えば、未だ打ち明けられずにいるあれこれを、説明しなくてはならなくなる。

言い淀《よど》む寿々花に、尚樹が優しく微笑んだ。

「心配しなくても、送り狼になったりしない。純粋に、この時間に君みたいな女性を一人で歩かせたくないだけだ」

「そうじゃなくて……」

今さら尚樹を、そういったタイプの男性だとは思っていない。それに万が一、彼が送り狼になろうとも、寿々花の家には廣茂と、父の気性を色濃く受け継いだ二人の兄がいる。

地獄の門番ケルベロスのごとく、エネルギー産業の狂犬三匹が家で待ち受けているのだ。たとえ狼が来たとしても尻尾《しっぽ》を下げて帰ってしまうだろう。

「タクシーで帰るので大丈夫です。すみませんが、タクシー乗り場まで送ってください」

あれこれ考えた末、寿々花はそうお願いした。

肩をすくめた尚樹が、仕方ないとばかりに頷く。

「わかった」

そう言って、財布から一万円札を抜き出し寿々花に渡してくる。

もちろん寿々花はそれを断ったが、それなら家まで送らせろと言って譲らない。仕方なく一万円札を受け取るが、困ったように眉を下げる。

「でも、こんなにかかりませんよ」

おおよその金額を言って、どこに住んでいるのか察せられるのも困るが、確実に一万円は多すぎる。

「それならば、今度会った時に返してくれ」

それではまた、尚樹に会わなくてはいけなくなるではないか。

ただ確かにこの先、尚樹の会社とは仕事の付き合いが生まれそうだし、いざとなれば昂也経由でお金を返すという手もある。

なにより今は、急いで家に帰らなくてはならない。

「わかりました」

素直に一万円を預かり、バッグから取り出した自分の財布にそれをしまう。そのタイミングで、エレベーターが一階に到着した。

「では、タクシー乗り場まで送ろう」

尚樹は人で賑《にぎ》わう連絡用通路を、慣れた様子で歩き出す。

あまりこの時間に出歩く習慣のない寿々花は、その賑《にぎ》わいがいつものことなのか、週末特有のものなのかわからない。ただいつもと違う、活気を帯びた雑踏のエネルギーに驚く。

「……」

「夜の街は怖いか？」

落ち着かない様子で周囲を見渡す寿々花に尚樹が声をかけてくる。

「苦手なら、無理する必要はない。ただ不慣れで戸惑っているだけなら、今度ゆっくり夜の街の歩き方を教えてあげるよ」

そして、歩く度に通行人とぶつかっていた寿々花の肩を抱き寄せた。

「あのっ……」

「世界は広いんだ、せっかく生きているなら楽しんだ方がいい」

密着した体に戸惑っている間に、尚樹が「こっちだ」と言って歩き出す。彼の手を振り払うタイミングを逃した寿々花も、仕方なく一緒に歩く。

「それとも、未知の世界に挑戦するのは怖いか？」

肩を抱き寄せる尚樹が、挑発的な笑みを浮かべる。

こういう言い方をされると、つい反発したくなるのは寿々花の悪い癖だ。

尚樹の性格を考えると、そんな寿々花の性格をわかった上で、わざと挑発的な言い方をしているのではないかと思わなくもない。

わかっているのに、こちらを試すような言い方をされると、つい受けて立ってしまう。

「怖いのではなく、魅力を感じないだけです」

自分のペースを取り戻すべく、冷めた口調で言い返す。

「それは、一度でも試してから言うべき台詞《せりふ》だ」

寿々花の強がりなどお見通し——そう言いたげに笑う尚樹は、立ち止まって手を上げた。

二人の前に停まったタクシーが、すぐに後部座席のドアを開ける。

尚樹は寿々花の肩を抱いていた手を解き、背中を押して乗車を勧めた。

そうしながら、彼特有の挑発的な笑みを浮かべて「俺のことも、一度試してみるといい」と、付け足してくる。

「……？」

タクシーに乗り込もうとしていた寿々花は、どういう意味かと動きを止めた。

問うように視線を向けると、思いのほか尚樹の顔が近くにあることに気付いて驚く。

その瞬間、尚樹の目に野性的な輝きが宿ったような気がした。

本能的に危険を感じ距離を取りたくなる。だが、負けず嫌いな性格が災《わざわ》いし、そのまま彼の目を見つめ返してしまう。

――獣の喧嘩でもあるまいし。

そうは思うのに、寿々花は先に視線を動かした方が負け、という気がして視線を外すことができなかった。数秒の視線の応酬の後、先に顔を背《そむ》けたのは尚樹だった。

しかし、彼は寿々花から視線を逸らしたのではなく――

「へっ……」

間抜けな声を漏らした寿々花の頬に、尚樹の唇が触れた。

彼の温度を頬で感じ、これはキスなのだという認識が追いかけてくる。

不意打ちで口付けられたと把握する頃には、尚樹の顔は離れていた。

「…………っ」

あまりのことに、情報の処理が追い付かない。呆然と立ち尽くしているのを上手《うま》く誘導し、尚樹はそのまま寿々花をタクシーに乗車させた。

「続きは今度」

そう言うなり、尚樹は寿々花の返事を待つことなく「出してください」と、運転手に声をかける。

「……ぁっ…………っ」

なにか言い返したい。そう思うのに、言葉が出てこない。

そして、このタイミングでなにを言っても、負け犬の遠吠えになってしまう気がする。

走り出すタクシーの中、しばらく口をパクパクさせていた寿々花は、赤面する顔を両手で押さえてシートに倒れ込んだ。

そして目的地を確認してくる運転手に、顔を隠したまま行き先を告げるのだった。

◇　◇　◇

軽く手を上げてタクシーを見送った尚樹は、車が見えなくなると自分の唇を撫でる。

「面白い」

唇に残る感触を確かめつつ、自然と笑みを浮かべた。

友人である昂也の結婚式で、初めて寿々花を見た時は、純粋にその美しさに驚いた。

あの日の尚樹は、突然、恋愛結婚すると言い出した友人に、どこか冷めた思いを抱《いだ》いていた。義理だけ果たして帰ろう、そう思っていた尚樹の腕の中に、バランスを崩した寿々花が倒れ込んできたのだ。

華やかなドレスを上品に着こなした華奢《きゃしゃ》な体に、柄にもなく胸が騒いだ。そんな自分に戸惑いながらも、彼女の存在を意識するのを止められなかった。

それでつい、あれこれちょっかいをかけてしまったのだが……

「……らしくないな」

唇から手を離した尚樹は、寿々花の表情を思い出し笑みを深める。

普段の自分なら仕事関係の女性を、たとえ冗談でも口説《くど》いたりはしない。

なのに、自分らしからぬ行動に出た挙句、あっさりフラれたのに、それを喜んでいる自分がいる。

——面白い……

尚樹は、とうに見えなくなっているタクシーに再び手を振ると歩き出した。

3　ナビゲーション

翌週の月曜日、寿々花は再び昂也の訪問を受けた。

「金曜日はご苦労」

既に応接室のソファーに腰掛けていた昂也が、部屋に入った寿々花に声をかけてくる。

それに会釈《えしゃく》を返しつつ、昂也の対面のソファーに座った。

今日は上司の江口は同席しておらず、部屋には寿々花と昂也の二人だけだ。

「他にも回るところがあるから、単刀直入に聞かせてもらう。ＳＡＮＧＩは、我が社のビジネスパートナーになり得る相手だと思うか？」

挨拶《あいさつ》もそこそこに、昂也がそう切り出した。

寿々花は背筋を伸ばして記憶を辿《たど》る。そして自分の考えを口にする前に、昂也の考えを確認した。

「その評価は、企業の実力についてでしょうか？　それとも、社長である鷹尾氏の評価も含めてでしょうか？」

「両方だと、君の評価は変わるのか？」

間髪《かんはつ》を容《い》れずに質問され、寿々花は一瞬黙り込む。

しかし、すぐに昂也が忙しいことを思い出し、観念した様子で首を横に振った。

「ＳＡＮＧＩは、今後の技術開発の面において、確実に我が社の利益になります」

悔しいがそれは確かだ。

寿々花個人としては、できれば二度と会いたくないという気持ちの方が強い。だが、企業に属する者として、ＳＡＮＧＩの技術力は正しく評価しなくてはならない。

社長の尚樹についても、仕事の話をする分には非常に真面目だし、経営者としてのバランス感覚も優れている。

「そうか」

寿々花の評価に、昂也が満足げに頷いた。

もしこのまま話が進めば、プロジェクトの責任者として、また彼に会わなくてはならないということだ。

苦い顔をする寿々花に、昂也が笑う。

「まあ、提携するかどうかを決めるには、まだいくらか段階を踏まなくてはならんが。そこで、芦田谷君に勉強させてもらいたい……」

そう言いながら、昂也が鞄から書類の束を取り出す。

目に入った書類の内容から、昂也なりに自動運転システムに関する情報を纏《まと》めてきたらしい。

そのまま二人は、即席の勉強会を始める。

昂也が持参した資料をもとに、寿々花の知識を織り交ぜ、尚樹から聞いた情報を説明していく。

それから一時間後。前屈《まえかが》みで寿々花の話を聞きながら、必要に応じてメモを取っていた昂也が、姿勢を戻した。

「ありがとう。今日はこのくらいで」

そう言われて、寿々花も姿勢を戻しつつ小さく伸びをした。

「ああ、そういえば昨日、鷹尾が自宅に来て……」

その名前に、寿々花が眉をひそめる。昂也は鞄に書類をしまうついでといった感じで、なにも書かれていない封筒をテーブルに置いた。

「……？」

これは、と視線で問うと、冷ややかな視線を向けられる。

「柳原さんに、渡してくれと頼まれた」

「……」

気まずい顔をする寿々花に、昂也がもの言いたげな顔をする。

「鷹尾の思っている柳原君と、俺が思っている柳原君は、同一人物でいいのか？　これは、俺の知る柳原君に渡していいものか？」

もちろんいいわけがない。

「すみません。私宛のものだと思います」

テーブルの上に置かれた封筒を、自分の方へ引き寄せる。

手にした封筒には厚みがない。入っているとすれば、手紙くらいだろう。

だとすれば、なにが書かれているにしろ悪い予感しかしない。

寿々花はチラリと昂也の表情を窺った。

——このまま読まずに破棄してしまいたい……

そんな寿々花の心を見透かしたように、昂也が釘を刺してくる。

「預かった者の責任がある。本当に君宛のものか、内容の確認を頼む」

「わかりました……」

まず間違いないとは思うが、そう言われてしまうと無視することもできない。

眉間に皺《しわ》を寄せつつ、寿々花は封筒の中身を確認した。

「どうだ？　芦田谷君宛のもので間違いないか」

封筒の中身を引っ張り出した寿々花は、困惑しながら首をかしげる。

「どうでしょう？」

「ん？」

「チケットが入ってました……ミュージカルの」

そう言って、チケットをテーブルに置く。他になにか入っていないか、封筒をたわませて確認するが中は空っぽだ。

「いい席だな」

チケットを手に取り、昂也が言う。

興味のない寿々花は知らなかったが、海外でも人気のサーカスとミュージカルを融合した舞台らしい。チケットが示す席は、プレミアムシートとして扱われる入手困難なものなのだとか。

ちなみに日時は、今度の土曜日の午後開演となっている。

チケットの価値を補足説明し、昂也が寿々花にチケットを返してきた。

「これをどうしろと……」

扱いに困り、寿々花は摘まんだチケットをヒラヒラさせる。

興味のないミュージカルのチケットを一枚だけ渡されても、困ってしまう。エンターテインメント性が高い舞台らしいので、一人で行ってもつまらないだろうし。

もしかして、同じ考えから、持て余したチケットをよこしてきたのかもしれない。

だとしたら、寿々花が彼からチケットを譲り受ける筋合いはないはずだ。

難しい顔であれこれ考える寿々花に、昂也が呆れた声を出す。

「普通に考えて、デートの誘いだろう」

「はい？」

キョトンとする寿々花に、昂也が小さく笑う。

「行けば、現地で鷹尾が待っているはずだ。見応《みごた》えのあるショーだし、一緒に楽しんでくるといい」

「嫌ですっ、無理ですっ」

冗談じゃないと、寿々花が目を見開いた。

「俺は、友人として鷹尾からそれを預かった。断るのはもちろん君の自由だが、ドタキャンはやめてやってくれ。目立つ席に空席を作るのも、関係者に申し訳ないしな」

そこで、ハタと気付く。

寿々花は尚樹の連絡先を知らない。

もちろん彼の会社の名前は知っているが、こんなプライベートな用件で、会社に連絡するわけにもいかない。

――どうしよう……

「じゃあ、鷹尾によろしく」

そう言い置いて、昂也が立ち上がる。

「待ってくださいっ！」

慌てて腕を伸ばし、昂也の背広の裾《すそ》を掴む。

用は済んだと言いたげな昂也に、気まずい笑みを浮かべつつ寿々花が言う。

「あの、國原さんから、鷹尾さんにお返しいただくことはできませんか？　できれば一緒に、渡していただきたいものもあるんですけど」

預かったタクシー代の残りも、ついでに返してしまいたい。

ＳＡＮＧＩとは業務提携を結んでいないが、尚樹と昂也の間柄なら問題ないだろう。尚樹だって、友人として、昂也にお使いを頼んだのだから。

そう判断した寿々花に、昂也が静かに声を発した。

「誰が誰に、なにを頼んでいる？」

その瞬間、重大な盲点に気付く。

「い、一社員が、自社の専務に、お使いを頼んでいます」

気まずい沈黙が流れる。

自分は専務の奥さんの友人という立ち位置ではあるが、同時にクニハラに勤める社員なのだ。

スルリと指先から抜ける生地《きじ》の感触に、寿々花が絶望的な表情を浮かべる。

「せっかくだから、土曜日は自分のついた嘘の始末もしてくるように。鷹尾とはこの先、仕事で頻《ひん》繁《ぱん》に顔を合わせることになるぞ」

まだ決断には至っていないが、昂也の中では既に概《おおむ》ね方針が定まっているのだろう。

となれば、このまま逃げ回るのには無理がある。

「わかりました……」

絶望的な表情を浮かべる寿々花を見て、昂也がそっと目を細めた。

「鷹尾は気のいい奴だ。楽しんでくるといい」

そう言って、今度こそ部屋を出ていこうとする昂也に、寿々花が「あっ」と声を漏らした。

動きを止めた昂也は、まだなにかあるのかと視線で問いかけてくる。

「以前、父と鷹尾さんの間でビジネストラブルがあったみたいなんですが、國原さんはそれについてなにかご存じですか？」

つい嘘をついてしまったのも、それを訂正できずにいるのも、そもそもの原因はそれだった。

芦田谷廣茂の一人娘に生まれたことで、父の取り巻きに媚《こ》びへつらわれることもあれば、辛酸《しんさん》を嘗《な》めさせられたと恨みや怒りをぶつけられたこともある。

怒りをぶつけてくる者の中には、逆恨みからくる八つ当たりとしか思えない人もいれば、正当な怒りをぶつけてくる人もいた。

鷹尾の印象から、逆恨みするタイプとは思えない。であれば、素性を打ち明ける前に、父との間にどの程度のトラブルがあったかくらいは知っておきたかった。

しかし、しばらく考え込んだ昂也は首を横に振る。

「俺が知るかぎり、アイツと芦田谷会長の間に直接的なトラブルはない」

「そう……ですか」

友人といえども、昂也が鷹尾の全てを知っているとは限らない。

寿々花は肩を落としつつ、昂也を見送るために席を立つのだった。

◇　◇　◇

その週の土曜日。尚樹がよこしたチケットの席に座る寿々花は、納得のいかない表情で自分の隣の席を睨《にら》んでいた。

昂也の事前情報どおり舞台はかなりの人気らしく、会場はほぼ満席で開演を待つ人たちの熱気で満ちている。

客層はカップルや親子連ればかりで、見渡す範囲に一人で来場している人はいない。

寿々花を除いては……

「ありえない……」

隣の空席を睨《にら》みつけて唸《うな》る。

直接断る術《すべ》のない寿々花は、今後の仕事のことも考えて、覚悟を決めて来たというのに、肝心の尚樹が一向に現れないのだ。

初めは、寿々花が早く着いてしまったのだと思っていたが、開演五分前のベルが鳴った後も、尚樹が姿を見せる気配はない。

結果、寿々花は、空のシートの隣に、一人寂しく座る状況に陥《おちい》っている。

事情を知らない人には、寿々花がデートの約束をすっぽかされた哀れな女性に見えていることだろう。

「ありえない……」

開演直前のベルが鳴り、客席が徐々に暗くなる。

ここまで待って来ないのなら、帰っても問題はないだろう。

そう判断し、寿々花が腰を浮かしかけた瞬間、誰かが隣に勢いよく腰を下ろした。

視線で確認せずとも、ふわりと漂《ただよ》ってくるフレグランスで誰が来たのかわかる。

「待たせたな」

遅刻を反省するでもなく、軽い口調で尚樹が言う。そして、腰を浮かせた寿々花の腕を引き、シートに座らせる。

「随分な遅刻ですね」

暗くなっていく中、気配で尚樹がクスリと笑うのを感じた。

「待ち合わせの時間を決めた覚えはないが？」

「……」

確かに、と眉をひそめる寿々花に、尚樹が付け足す。

「それに早く来ると、君は言いたいことだけ言って舞台を観ずに帰りそうだからな」

それもまた、的確に寿々花の行動を予測した意見だ。

「でも……」

寿々花が言い返そうとした時、舞台で弾けるような閃光《せんこう》が走った。

歓声が沸き上がるのと同時に、音楽に合わせて飛び跳ねるようにして舞台に人が躍り出てくる。

「今動くと、他の観客の迷惑になる。とりあえず、今は楽しもう」

「……」

もの言いたげに息を漏らし、寿々花はシートに座り直した。


開演から二時間半後。舞台に集中していた寿々花は、肩を叩かれハッと我に返る。

「ご堪能いただけたようで」

得意満面な尚樹の言葉を認めるのは癪《しゃく》に障《さわ》るが、頬を上気させた自分の顔を見られてしまえば否定のしようがない。

舞台の内容は、恋愛要素の強い冒険ミュージカルといった感じだ。

物語自体はわかりやすいが、それを大掛かりなセットと役者のアクロバティックな動きで盛り上げており、気が付けばすっかり魅了されていた。

「この手の舞台を見るのは、初めてなので」

「楽しんでもらえてよかった」

つい言い訳じみた言葉を口にする寿々花に、尚樹は満足そうに頷く。

「では舞台を楽しんだ分だけ、俺と友好的にお茶を飲む時間を設《もう》けてくれると嬉しいのだが？」

「……っ」

こんなお膳立てされた状態では、断りにくい。

「行こう」

返事を待たずに、立ち上がった尚樹が手を差し出してくる。

相変わらず、挑発的で強引なやり方だ。それはそれで癪《しゃく》に障《さわ》るのだが、こちらも彼に話したいことがあった。それに、ここまで向こうのペースで物事を進められると、次こそは上手《うま》くかわしてやろうという気になってくる。

「お店は私が決めます」

寿々花は尚樹の手を借りずに立ち上がった。

「どうぞ」

そう言いつつ、尚樹は当然のように寿々花のバッグを預かる。

「自分の荷物ぐらい自分で持てます」

腕を伸ばしてバッグを取り戻そうとするが、彼はバッグを寿々花から遠ざけてしまう。当然リーチの長さが違うので、無駄に尚樹に体を密着させる形になってしまった。

「そ、それから、これからは公私混同はやめてください」

体勢を元に戻しつつ、しっかりと釘を刺す。再び、昂也経由で誘われては堪《たま》らない。

「まだ業務提携すると決まったわけではないが？」

「確かに、そうですけど……」

悔しげに口を一文字に結ぶ寿々花に、勝ち誇ったように微笑む。そのまま尚樹は、彼女のバッグを持って歩き出した。

結果、店を決めるのは自分だと宣言したはずの寿々花が、後を追いかけることになる。

その時、前を歩く尚樹が振り返った。目が合うと、彼の表情がホッと緩む。

不覚にも、彼のその表情に見惚れてしまった。

――あの時の感じに似てる……

尚樹の背中を追いながら、寿々花は比奈の結婚式のために選んだドレスを思い出す。

綺麗なものには引力がある。

そんなことを思いつつ、寿々花は彼の大きな背中を追った。

劇場を出た二人は、同じ施設の上階にあるカフェへ場所を移した。

その理由は、店を決める権利を得た寿々花があまり店を知らなかったのと、尚樹と並んで歩く距離を少しでも短くしたいと思ったからだ。

「そういえば、これあの日のタクシー代のお釣りです」

席に座ると、寿々花は尚樹に封筒を差し出す。

「領収書までご丁寧に。……君なら、意地でもお釣りを返しに来ると思った」

封筒の中を確認した尚樹が、小さく笑う。

――しまった……

預かったお金を使わないのも大人げないと、厚意に甘えた。だがまさか、そんな打算があってのことだとは思わなかった。

「門限には間に合った？」

「ええ……まあ……」

ムッとしつつそう答えるが、もちろん間に合わなかった。その結果、スマホ片手に玄関で右往左往していた廣茂に捕まり、質問攻めにあったのだ。

それを思い出し、気分が重くなる。

「舞台の感想を聞いても？」

「……面白かったです」

自分の前に置かれたカップを手に取り、素直に認める。

「よかったよ」

カップに口を付けながら、彼は目尻に皺《しわ》を寄せて微笑む。

――私が本気で楽しんでいたの、すっかり見透かされている気がする。

「舞台を見るのが初めてだったから、新鮮に感じただけです」

文句を言いながら、子供のように楽しんでしまった自分が恥ずかしく、つい棘《とげ》のある言い方をしてしまった。そんな自分に落ち込み、寿々花は窓の外へ視線を逸らした。

休日の繁華街は多くの人で随分と賑《にぎ》わっている。

「学生の時、友達と観に行ったりしなかったのか？」

その質問に、寿々花は窓の外に視線を向けたまま頷く。

「学生の時は、ずっと数学に没頭していたので。女子的交流をするようになったのは、ごく最近のことなんです」

朱音に絡まれクラスで浮いた存在になったが、それを寂しいと思ったことはなかった。

むしろ、物心ついた頃から、常に自分の顔色を窺う大人に囲まれて育った寿々花にとって、一人の時間は新鮮だった。興味のない噂話に付き合わされることなく、好きなことができるのだ。喜んで数学に没頭するに決まっている。

そんな寿々花を、朱音は「ガリ勉」と言って嘲笑《ちょうしょう》してきたが、特別誰かと友達になりたいとも思わなかったので、どうでもいいことだった。

しかし、社会人になって人付き合いをするようになり、改めて自分の社会的なバランス感覚の悪さに気付かされたのだ。

知識量は豊富だと思っていたが、そもそも興味のあることが世間一般とズレているため、普通なら皆が知っているだろうことが、わからなかったりする。

その辺の改善は、今後の寿々花の課題になるだろう。

眉根を寄せて考え込んでいると、目の前の尚樹が「女子的交流っ」と、小さく噴き出した。

どうやら彼のツボに入ったらしい。

チラリと視線を向けた寿々花に、尚樹が言う。

「なんとなく、君の学生時代が見えた気がした」

君……そこで寿々花は、ハッと目を大きくした。

——今日こそ、本当の名を打ち明けなくては！

覚悟を決めて正面を向いた途端、微笑む彼と目が合った。

「ならついでに、俺と男女的交流をしてみないか？」

「……そんな気軽に口説《くど》いてくる人と、仕事以上の交流を持とうとは思いません」

目を細め、厳しい口調でピシャリと返す。そんな寿々花に、尚樹がニンマリと悪戯《いたずら》っ子のような笑みを浮かべた。

「なんだ、口説《くど》いて欲しいのか？」

「まさかっ！」

即座に否定する寿々花を見ながら、尚樹が面白そうに笑う。

「その気のない人間を口説《くど》くつもりはないさ。ただ今日、舞台に魅了される君を見ていて、ちょっと心配になったから提案しただけだ」

「心配？」

「ああ。君は見た目だけなら、落ち着きのある大人の女性だが、実際はまったく違う。ガチガチの数学オタクで、驚くほど世間を知らない。君のそのアンバランスさは周囲を戸惑わせるし、君自身、仕事をしていてコミュニケーションが取りにくいんじゃないか？」

「た、確かにそうした面はありますが、それほど問題があるとは……」

痛いところを突かれて苦い顔をする寿々花に、尚樹は勝者の笑みを浮かべる。

「そうかな？　今のままじゃ、そのうち仕事でも困ることになるぞ。それに、もし恋人ができたとしても相手が同レベルの数学オタクじゃない限り、すぐに会話が尽きる」

恋人云々《うんぬん》は別として、なかなか痛いところを突いてくる。

「君自身、知識の偏《かたよ》りを自覚しているんじゃないか？」

比奈に出会ったことで、自分の生き方を変えたいと思い立ったのは最近のことだ。それなりに外見を取り繕《つくろ》う術《すべ》は身につけていても、内面がそれに伴っていないのは承知していた。

「だから試しに、俺と大人の遊び方を学んでみるのはどうだ？　年相応の遊び方を教えてやるぞ」

「貴方に心配される筋合いは……」

その言葉を阻《はば》むように、尚樹が口を開いた。

「変化が怖いのか？　なら、無理にとは言わないよ」

自分から変わろうとしない人間に用はないとばかりに、挑発してくる。

完全に子供扱いしてくる尚樹の態度に、カチンときた。

そういえば以前も、彼とこんな会話をしたのを思い出す。

「怖いのではなく、興味を持てないだけです」

「今まで興味のなかった観劇に心を奪われていたのはどこの誰だ？」

「……」

思わず言葉に詰まった寿々花に、尚樹がしてやったりと微笑む。

この展開のどこまでが、彼の計算の内なのだろう。全てだとしたら、恐ろしいことだ。

完全に彼の手のひらの上で転がされているこの状況は面白くない。だが、それ以上に今の流れには問題があった。

——名前の件を、言い出すタイミングがないっ……

今日こそ正直に打ち明け、謝罪しようと思っていたのに、いつの間にか尚樹のペースに巻き込まれ、そのタイミングを見失ってしまった。

「素直に世間知らずを認めて、提案を受けたらどうだ？　心配しなくとも、頬にキスしただけで腰を抜かす子供に手を出すほど、女に不自由はしてないよ」

「……っ！」

キスの感触を思い出し、自分の頬を強く擦る。そんな寿々花に、尚樹が余裕の表情で言う。

「これは純粋なる、善意の申し出だ。だから必要以上に構える必要はない」

口説《くど》かれてもムカつくが、ここまで子供扱いされてもムカつく。

そしてこの流れでは「実は、嘘をついていました」とは、絶対に切り出せない。

——全てにおいて、仕切り直しが必要だわ。

数学を解いている時によくあることだが、どういうわけか思考が迷走し、答えに辿《たど》り着けなくなることがある。

そういう時は、一旦考えるのをやめて時間を置くことにしている。すると、案外すんなりと解けたりするのだ。

寿々花は覚悟を決める。

「では、貴方の善意に甘えさせていただきます」

「なんか企《たくら》んでいそうな顔だな」

「そうですか？」

訝《いぶか》るような視線に、澄ました顔で笑みを浮かべる。

ここは仕切り直して、改めて名前の件を謝ることにしよう。ついでに、自分を子供扱いしてくる尚樹の価値観を覆《くつがえ》してやりたい。

要は、このままやられた状態なのが我慢ならないので、彼にやり返すための時間とチャンスが欲しいのだ。

そんな寿々花をしばし見つめていた尚樹は、笑みを深めて頷いた。

「承《うけたまわ》った」

新しいゲームを始めるような楽しげな様子に、何故か自分の頬が熱くなるのを感じた。

目の前の尚樹は、相手を魅了してやまない大人の余裕に溢《あふ》れている。悔しいが、それは彼が本来持っている魅力なのだろう。

寿々花のように、表面だけ取り繕《つくろ》ったものではない。

この先、彼と仕事でも顔を合わせることになるなら、確かに経験は積んでおくべきだろう。一方的にやられたままでいる気はない。

いざ勝負と、寿々花は彼を睨《にら》んだ。

「では、交渉成立だ」

強気な表情で差し出された手を、強く握り返した。

◇　◇　◇

SANGIのオフィスでパソコン画面をスクロールさせていた尚樹は、ノックの音で顔を上げた。

視線を向けると、透明なアクリル板で仕切られた向こう側にいる社員の安藤勇人《あんどうゆうと》と目が合う。

その後ろに、昂也の姿があった。

指を動かし中に入るよう伝えると共に、来客を迎えるべく立ち上がる。

「お待ちしていました」

部屋に入ってきた昂也に、手を差し出す。

「忙しい中、悪いな」

社交辞令として詫びる昂也に、来客用のソファーを勧める。

「我が社の感想は？」

「思ったより広いオフィスだな」

「今でもパソコン一つ抱えて仕事をしていると思ったか？」

からかうように笑って、昂也の向かいのソファーに腰掛けた。

今でこそオフィスビルのワンフロアを借り切り、数十人の社員を抱えるＳＡＮＧＩだが、もともとは尚樹一人で立ち上げた会社だ。

起業のきっかけは、ある酒の席で、大学の恩師から「君は企業に属すのも、教壇に立って人に教えるのも向いてない」と、激昂《げっこう》されたことだった。

当時、自分でもその自覚はあった。

大学卒業後、ある程度会社勤めをしてから起業しようと思っていたが、そこまで向いていないなら無理して会社に就職する必要もない。

その頃既に、企業を相手に入力やプログラミングの仕事を請け負っていた尚樹は、大学卒業間際のタイミングで起業したのだった。その時の恩師がアドバイザー役を買って出て、企業との窓口になってくれたのも大きい。

尚樹の興《おこ》した会社は時代の波に上手《うま》く乗り、急成長していった。

「そこまでは思ってない。だが、教授の先見《せんけん》の明《めい》には恐れ入《い》る」

ＳＡＮＧＩを起業するに至った経緯を知る昂也が、懐《なつ》かしそうに笑う。

「教授と時代に救われたよ」

あの時教授が怒ったのは、よほど尚樹の行く末を心配してのことだったのだろう。

ちなみに昂也については「君はどの分野に進んでも成功する」と、太鼓判《たいこばん》を押したので、本当に教授は見る目があったということだ。

そのまましばし学生時代の思い出話に花を咲かせていると、懐《なつ》かしいような、気恥ずかしいような気持ちになる。

同じ時代を共有したからこその感情だが、尚樹は表情を引き締めて昂也に問う。

「で、ウチの評価は？」

今日の訪問の目的は、業務提携の話を詰める前に、昂也自身の目でＳＡＮＧＩの状況を確認するためだ。

今後の自動運転の促進を見越して、ＡＩ開発のノウハウに長《た》けた我が社との業務提携の話が浮上した。だが、クニハラの内部では、未だ自社ないし系列企業のみで進めるべきだ、という意見が強いらしい。

海外の大手自動車メーカーでさえ、自動運転システムに関しては、必要な能力に特化した企業と組むのが当然の時代だ。そんな中、自社にこだわる意味などないというのに。

昂也は、部屋の外へ視線を向ける。透明な仕切りの向こう側で働く社員の姿をしばらく眺めた後、小さく頷いて体の向きを直した。

「活気があって、風通しのよさそうな会社だ」

「社員の平均年齢が低いからな。フットワークの軽さには自信がある」

胸を張る尚樹に、昂也が肩をすくめてみせる。

「若くて面倒な柵がないのはメリットだが、歴史が浅く実績が少ないのはデメリットだな」

そう言って、こちらの反応を探るような視線を向けてきた。

「歴史の浅い会社は信用できない」と言われることには慣れている。

企業の重役の中には、社歴が浅いというだけで、軽く見てくる人間もいる。中には悪意を隠さず嫌味を言ってくる者もいるが、自分の力で財を成した尚樹に言わせれば、頼る歴史が浅いことなど取るに足らない問題だ。

「國原の会社は、歴史も、確かな信頼もあるけど、その分、厄介な古狸《ふるだぬき》が多くて大変そうだ。最悪、鶴の一声で事を進めるっていうのも難しそうだから、悩ましいな？」

「……」

遠慮のない尚樹の言葉に、入り口に立つ安藤はギョッとした顔をするが構う気はない。

それは昂也が友人だからではなく、自社のシステムと社員の力に自信があるからだ。

「今日来たのだって、古狸《ふるだぬき》たちを説き伏せる時に、視察を重ねた上での決断、って話すための実績作りだろう？」

昂也がなにも言わず静かに笑う。その表情だけで十分だった。

「チャンスがあれば、結果は出す。今日の時間を無駄にはさせない。歴史が浅いことを理由に提携を渋る古狸《ふるだぬき》には、同業他社と繋がっていない今が買い時だと説明してやれ」

そんな尚樹の意見に、昂也がどこか呆れた様子で苦笑する。

「相変わらずの強気だな」

「契約を切らせない自信があるだけさ」

「なるほど」

頷いた昂也が、前髪を掻き上げ「そのためには、まだ話し合うべき課題がある」と、真剣な表情を見せる。

「どんな課題でもクリアしてみせるよ」

今までだって、そうしてきたのだから。

尚樹は控えていた安藤に退室を促《うなが》した。

そのまましばらく、二人きりで今後についての話を進める。ふと会話が途切れたタイミングで、昂也が不意に話題を変えた。

「あけぼのエネルギーの芦田谷会長のことを、今でも恨んでいるか？」

「芦田谷会長か……」

芦田谷会長に苦汁《くじゅう》を嘗《な》めさせられたのは、随分と昔のことだ。

もちろん簡単に忘れられる存在ではないが、ここしばらくはその存在を思い出すこともなかった。

昂也の結婚式で、久しぶりに見かけた姿に、なにも感じなかったかと言えば嘘になる。だが、疼《うず》くような痛みも、煮えくり返るような憎しみもない。

この先の人生で関わることさえなければ、いつか記憶の中で風化していく存在だろう。

おそらく寿々花がいなければ、あの場で話題にすることもなかったはずだ。

言い方を変えるなら、軽いお喋《しゃべ》りの材料に利用できる程度には、自分にとって遠い過去になっていた。

「今さらだろ。許すこともできないが、恨みを口にするほどでもない。俺が人間関係に淡泊なのは承知しているだろう?」

「そうか?」

「そうだよ」

素っ気なく返す尚樹に、昂也が鼻で笑う。古い付き合いだけに「素っ気ないだけで、意外と面倒見はいいくせに」とでも言いたそうだ。

——どれだけ昔の話を蒸し返すつもりなんだか……

顔を顰《しか》める尚樹に向かって、昂也が軽口を叩く。

「まあ確かに、恋愛には淡泊だったな。モテるのをいいことに、彼女をとっかえひっかえ」

それはそれで、言い方が悪い。

学生時代、既にビジネスを始めていた尚樹と、一般的な学生とでは、恋愛に対する熱量が違った。学業と仕事で日々忙しくしていた尚樹が、相手から求められるだけの熱量を返せるはずもない。

気付けば自然消滅していた、というのが常だった。大学を卒業してからは、より割り切った大人の関係を楽しめる女性としか付き合わないようにしている。

「恋愛に関しては、お前も似たようなものだったろ」

そんな尚樹の反論に対し、昂也は堂々と胸を張った。

「妻に出会って、卒業した」

「さいですか……」

新婚のノロケ話には、ご馳走様とため息を吐くしかない。

すっかり脱力した尚樹は、最初の話題に戻す。

「それにしても、なんで今さらその名前を？」

すると、昂也がなにか言いたそうに微妙な表情を見せる。しかし、しばしの沈黙の後、静かに首を横に振った。

「いや。俺の結婚式で顔を合わせて、どう思ったかと気になって……」

——今の間はなんだ？

疑問に思いつつも、尚樹はどうってことないと笑う。

「芦田谷会長は、取るに足らない小さな企業を足蹴《あしげ》にしたところで気にも留めない人だ。そんな相手をいつまでも恨んでいたところで、時間の無駄だろう。だったらそのエネルギーを、のし上がるために使うよ」

そして、彼の圧力をもってしても簡単に揺らいだりしない会社を作ればいいだけだ。

「お前らしい」

強気の発言を聞き、昂也が薄く笑う。そして、ゆっくりと立ち上がりながら言った。

「明日の金曜辺りどうだ？　会議があるから少し遅くなるが、どうせ暇だろ？」

手の動きで酒に誘われるが、尚樹は首を横に振る。

「いや。せっかくだが、明日は誘いたい人がいる」

そう返しながら、つい顔が笑ってしまう。

誘いたい人とは、もちろん寿々花のことだ。

昂也の結婚式で知り合った彼女とは、最近、一緒に食事を取る仲になっている。

最初こそ大人びた綺麗な女性といった印象だったが、話してみると賢いのに、驚くほど世間知らずで危なっかしい。

それでいて、かなり負けず嫌いな面がある。

尚樹の誘いに乗って出かけると、最初は素直に目を輝かせてはしゃぐ。それでいて、すぐに澄ました顔で表情を取り繕《つくろ》うのだ。

その反応がいちいち可愛くて、ついあちこち連れ出してしまう。

「もしかして、その相手とはウチの社員か？」

自分のところの社員が気になるのかもしれないが、特に隠すこともない。

「ああ。お前の会社の柳原さんだよ」

その瞬間、何故か昂也が眉間を押さえた。

「言っておくが、健全な付き合いだからな」

寿々花は、簡単に口説《くど》くには勿体なさすぎる。

たとえば、彼女を口説《くど》いて上手《うま》くいったとする。しばらくは快楽を共有し楽しめたとしても、その後待っているのは、関係の終わりだ。

家族にしろ、恋人にしろ、近すぎる人間関係はもろく崩れやすい。

そんな儚《はかな》い関係に執着するのは、バカげている。

自分が恋愛に向いていないことは承知しているし、一時の快楽のために寿々花との関係を終わらせたくない。それくらいなら、今の健全な関係のままで満足だ。

二人だけがわかるゲームを楽しむような関係を続けたい。

「柳……」

一瞬言葉を詰まらせた昂也が、小さく咳払いする。

「彼女は、妻とも仲がいいし、会社にとっても大切な存在だ。それを理解して付き合って欲しい」

つまり、弄《もてあそ》ぶようなことはするなということだろう。

「そのくらいわきまえている」

大人の嗜《たしな》みとして、遊び慣れていない女性を面白半分に口説《くど》くようなことはしない。

逆に尚樹の目の届く範囲に置いておかないと、心ない誰かに弄《もてあそ》ばれて傷付けられてしまうのではないかと心配しているくらいだ。

疾《やま》しいことはないから、寿々花を誘っても問題ない。

そのように判断した尚樹は、昂也を見送った後、さっそくスマホを操作した。

4　告白の時

自宅二階のリビングで、寿々花はスマホを操作しながらため息を吐く。

チラリと視線を向けると、広いリビングのテーブルには、老舗《しにせ》デパートの外商が運び込んだ、時計やタイピンといった男性物の装飾品がずらりと並べられている。

一番上の兄である猛《たける》が、営業時間内に店に行くのが面倒だからと、芦田谷家担当の外商を呼びつけたのだ。それだけ聞くと、かなり傲慢《ごうまん》な話に思える。だが実際は、外商の方も利益があるとわかって来ているのだから問題ないのだろう。

電話一本で何時でも駆けつけてくる初老の男性は、長く芦田谷家の担当をしているベテランの外商だ。

寿々花は「女性の意見を参考にして選んだ方が……」と、外商に引き留められ、仕方なくリビングに留まっている。だが、外商の狙いが別にあることは承知していた。

猛は寿々花がいいと言えば、値札も見ずに買うからだ。ついでに、寿々花にも商品を勧めようという魂胆《こんたん》があるのだろう。

それを承知の上でこの場に留まっているのは、外商の男性が、これまでずっと芦田谷一族の無茶な要望に誠心誠意応《こた》えてくれているからだ。

長年にわたり、廣茂の無茶な注文に嫌な顔をせず対応してくれている彼の忠義に、寿々花は売り上げという形で応《こた》えている。

その結果、不要な高級品がクローゼットに溜まっていくのだが。

「……」

寿々花は再びため息を吐き、スマホを眺める。

画面に映っているのは、昼間尚樹から送られてきたメールだ。

最初、明日の金曜日の仕事帰りに食事でも……という内容のメールをもらったのだが、明日は午後から技術開発部の定例会議がある。状況によってかなり長引くので、すぐに断りのメールを返した。

すると間髪《かんはつ》を容《い》れず『忘れ物はいいのか？』と、メールが届いたのだ。

――忘れ物？

寿々花には、まったく心あたりがない。

なにを忘れたのか尋ねるメールを送ると、『自分のものなのにわからないの？』と、相変わらずの挑発的なメールが返ってきた。

それで一通り、自分の持ち物を確認したけれど、やっぱり思い当たらない。私物を預けっぱなしにするのもどうかと思い、結局会う約束をしてしまった。

念のため、会議が何時に終わるかわからないと伝えたところ、仕事をしながら待っているから構わないとのことだった。

――それにしても、なにを忘れたのだろう？

スッキリしない思いでスマホを眺めていると、リビングに人が入ってくる気配を感じた。顔を上げると、二番目の兄、剛志《たけし》がリビングに入ってきたのが見えた。

「どうかしたか？」

寿々花同様、どちらかと言えば母親似の顔立ちをしている剛志だが、我《が》の強そうな目つきは父親似だと思う。

「いえ……考え事をしていただけです」

寿々花はスマホを伏せてソファーの端に置く。

剛志は、そのまま近くのソファーに腰掛け新聞を広げた。

そんな兄を横目に見つつ、再びスマホを手に取った。

俺と男女的交流をしてみないか――という尚樹の申し出を受け入れてから、既に一ヶ月以上が過ぎた。

いつの間にか季節は梅雨《つゆ》から初夏へと移り変わっている。

その間、寿々花は尚樹に誘われるまま、仕事帰りに食事をしたり、休日に出かけたりしている。

尚樹は洒落《しゃれ》た飲食店や人気の遊び場に寿々花を連れ出しては、その場の楽しみ方をレクチャーしてくれた。

最初は警戒していた寿々花だが、これまで知らなかった世界や経験は新鮮で、気付くと純粋に楽しんでしまっているのだ。

そんな自分が恥ずかしく、慌てて表情を取り繕《つくろ》ったりするのだが、尚樹には全部お見通しといった感じで面白くない。

しかし、側にいるうちに気付いたのだが、尚樹は自然と相手に気を遣える人だった。

一緒にいると、いつも彼なりの配慮を感じるし、寿々花の帰りが遅くならないように気遣ってくれる。もちろん、無遠慮に口説《くど》いてくることもない。

強引さと気遣いを同時に見せる尚樹に調子を狂わされ、寿々花は本来の目的――本名を告げて謝る、を果たせないまま彼と過ごす日々を続けていた。

――名前のこと、今度こそ伝えなくちゃ。それに……

寿々花は、新聞に目を通している剛志に声をかけた。

「お兄様、以前お父様が、ＩＴ企業の方と揉めたようなことはありますか？」

顔を上げた剛志は、新聞をたたんで顎《あご》に手を当てる。

廣茂のもとで働いている剛志なら、二人の間に起きた諍《いさか》いについて知っているかもしれない。

尚樹と過ごす時間が楽しければ楽しいほど、どんどん本名を告げにくくなってくる。

寿々花が本当の名前を告げた時、尚樹がどんな顔をするか想像するのが怖かった。

このままでいいはずがないと、わかってはいる。

でも、つい踏み留まってしまうほど、寿々花の中で尚樹の存在が大きくなりつつあった。

「どうだろう……。数年前、市場の変動を把握しやすくするためＡＩシステムを更新したけど……、その時入札方式で企業を選んだから、もしかしたら揉めたかもな」

廣茂は自社の利益を徹底的に追求する。それゆえ入札の際も、企業の足下を見た入札をして、いざ契約という段階で、さらに難癖を付けて買い叩くことがあると聞いた。

もしかしたら尚樹の会社も、そういった目に遭ったのかもしれない。

ＳＡＮＧＩはまだ成長途中の会社だ。数年前なら、買い叩かれた金額によっては倒産の危機になりかねない。

「ここ最近、そういった話は聞かない？」

「聞かないな。親父も以前に比べて、穏やかになったし」

「そう」

「珍しいな」

「……？」

スマホ片手にホッと息を吐く寿々花に、剛志が言う。

「普段寿々花は、親父の仕事に興味を示さないから。というか、全力で関わらないようにしているから。どういう心境の変化だ？」

――確かに、自分らしくない。

尚樹のことが気になって、よけいな詮索《せんさく》を好まない普段の自分ならまず聞かないことをつい聞いてしまう。

「ごめんなさい」

らしくない自分が恥ずかしくて、気まずそうに謝る寿々花に剛志が首を横に振る。

「謝ることないだろ。家族だからって、話したくないことはあるさ」

そう言って、剛志は再び新聞に視線を戻した。

その横顔は、質問の意味を詮索《せんさく》する気はないと言っているようだ。

剛志は、父やもう一人の兄のように過干渉なくらい寿々花に構うのではなく、あえて干渉しないところを残して寿々花を尊重してくれている。

「ありがとう」

「ん……っ」

囁《ささや》くような感謝の言葉に、剛志は無関心な体《てい》で微かに頷く。

その横顔をしばらく見つめていた寿々花は、何気なくスマホのＳＮＳの画面をスクロールさせた。

いつの間にか、尚樹とのやり取りが随分と蓄積されている。

二人にしかわからない、言葉遊びを楽しむようなこのやり取りが途切れるのは寂しい。

それを考えると、寿々花の覚悟がぐらついてしまうのだった。

◇　◇　◇

翌日の金曜日。デスクで帰り支度をする寿々花は、スマホを手に取った。

案の定会議は長引き、気が付けば時間は二十時を過ぎている。この時間から会っても、門限を考えたらそれほど時間は取れない。

今日の会議の流れ的に、ＳＡＮＧＩとの自動運転システムの共同開発は決定事項と考えていいだろう。だとしたら、提携する企業の社長と個人的な時間を持つのは、もう終わりにするべきかもしれない。

これで彼と個人的に会うのも最後――そう思うと、気持ちが重くなってくる。

「芦田谷さん、ちょっといいか？」

尚樹にメールを返すべきか悩んでいると、先輩の松岡が声をかけてきた。

その眉間には、くっきりと皺《しわ》が刻まれている。

「自動安全システムの件、このまま他社との共同開発になるかな？」

昴也を含めて、上層部はその方針で意見を纏《まと》めたようだ。今日の会議も、そのための意見調整といった感じだった。しかし、松岡の顔には懸念《けねん》の色が濃く浮かんでいる。

「なると思います」

「だよな」

「不満ですか？」

難しい顔をする松岡に尋ねる。

新卒で入社したという松岡は仕事熱心なよき先輩で、中途採用の寿々花にも、よく意見を求めてくれる。

――最初は、私の扱いに困っている様子だったけど。

「不満……というより、不安だな」

松岡が呟く。

「不安？」

「よその企業と提携ってさ、つまり俺たちじゃ力不足って……言われたようなものだから」

自動運転システムの要《かなめ》となるデータプランニングを確実なものにするためには、専門家の知識が欠かせない。寿々花は上層部の判断に賛成なのだが、松岡は違うらしい。

だが、松岡と同じような意見を持つ者は、今日の会議の様子からそれなりにいるようだ。

「会社も、技術開発部の実力は認めているはずです。だからこそ、共同開発に向けて、ここまで慎重に私たちの意見を聞いてくれるんです。そうでなければ、今頃とっくに他社と提携して、開発を進めさせていたはずです」

「……」

企業なのだから利益を求めるのは当然で、自社開発は無理と判断すれば、容赦なくてこ入れをするだろう。それをしないのは、上層部が自分たち技術開発部の仕事を評価しているという証拠だ。

寿々花の言葉に、俯《うつむ》いていた松岡の視線が上がる。

「業務提携することで、私たちがよりよい成果をあげると信じているのだと思います」

「芦田谷さんは、いつでも前向きだな」

やられたといった感じで、松岡が微かに笑う。

寿々花は、そんな松岡の言葉に小さく驚く。

「そう……ですか？」

比奈と違い、自分はどちらかといえば後ろ向きの性格をしているのに、と不思議そうな顔をした。

「そうだよ。前の会社だって大手で悪くない条件のはずなのに、転職して、すぐに馴染《なじ》んで仕事頑張ってる。なかなかの前向き人間」

「それは、この会社に知っている人がいたから」

そう返しながら、比奈と昂也の顔を思い出す。二人が働く会社だからこそ、この会社で働きたいと思ったのだし、頑張れるのだ。

「今だって、こうやって励《はげ》ましてくれてる」

松岡は、不器用に笑ってみせた。

「それは……」

寿々花がこの業務提携に不安を感じていないのは、尚樹を知っているからだ。

悔しいが、尚樹の会社なら大丈夫だと思ってしまう。

まだ正式決定ではないので、業務提携先であるＳＡＮＧＩの名前は伏せられている。松岡が不安に思う理由には、相手が見えないということもあるのだろう。

――相手を知っているからこそ、正しく判断できるのだ。

今の自分は尚樹や松岡を騙《だま》しているのだと思うと、申し訳なく感じる。

その時、寿々花のスマホにメールの着信があった。見ると尚樹からだ。

内容を確認すると、近くで仕事をしながら待っているので、仕事が終わったら連絡が欲しいというものだった。

寿々花が悩んでいるのを見透かしたような彼のメールに、つい苦笑してしまう。

「デート?」

画面を眺める寿々花に、松岡が声をかけてきた。

「違います」

即座に否定しつつ、首から下げている社員証を外す。

「ふーん?」

信じていない様子の松岡に、社員証を鞄の中に入れながら言った。

「提携について、もう少し情報が増えてくれれば、また違った気持ちになると思います」

「だな……」

不安を言葉にしたことでスッキリしたのか、松岡は幾分穏やかな表情で席を離れていく。

寿々花はその背中を見送り、覚悟を決めて尚樹にメールを返した。


会社を出て、大きな通り沿いのカフェの前に立つ寿々花は、決意を示すべく小さく拳《こぶし》を握る。

——今日こそ、本当のことを話そう。

SANGIとの業務提携は決定事項として考えていいだろう。ならばその前に、尚樹に事実を打ち明けて謝ると同時に、余暇の楽しみ方を教えてくれたお礼を言いたい。

——鷹尾さんなら、笑って終わりそうな気もするけど。

なんだかんだで、それなりに一緒の時間を過ごしてきたことで、彼の反応はなんとなく想像できる。

――素直に謝って、お礼を言って、これからはよき仕事相手としての関係を築かなきゃ。

最初はただの成り行きだった。だけど、彼のおかげで寿々花の世界は随分と広がった。

その感謝も込めて、今度は自分が尚樹の仕事を助けられたらと思う。

そんなことを考えていると、寿々花の肩がポンッと叩かれた。

大きな手の感触から尚樹だと思ったが、振り返った瞬間、勘違いに気付く。

「一人?」

気安く声をかけてきたのは、まったく見知らぬ男性だった。

夜なのにサングラスをしている男は、戸惑う寿々花の肩を押して自分の方を向かせる。その強引な態度に、不愉快な表情を浮かべた。

「あの……?」

「暇なら飲みに行かない?」

「待ち合わせをしているので……」

そう言って男性から距離を取ろうと後ずさるが、その分相手が距離を詰めてくる。

どうやってやり過ごそうか考えていると、背後で車の停まる音がした。

勢いよくドアの開閉音が聞こえたと思ったら、再び大きな手に肩を掴まれ、聞き慣れた声が耳に入ってくる。

「店の中で待ってろよっ!」

少し焦ったように言って、尚樹が寿々花を引き寄せる。その勢いのまま、彼の胸に顔を埋《うず》める形になって驚く。

「……っ」

尚樹の顔は見えないが、相手を牽制《けんせい》しているのが気配でわかった。

「……なんだよ」

不機嫌な呟きを残し男性が離れていくと、尚樹の腕の力が緩む。

「店の中で待っていろと言ったはずだ」

腕の中の寿々花を見下ろし、尚樹がぶっきらぼうに言う。寿々花の腰に手を回し、彼女を守るように誘導し、ドイツ車の右側助手席へと彼女を案内する。

「夜風が気持ちよかったんです」

不機嫌そうな尚樹の声に、つい寿々花の態度も尖ってしまう。

「危ないから駄目だ。夜風に当たりたいなら、俺が来てからにすればよかったんだ」

そう言って、寿々花を助手席へ座らせる。

一方的な言い分にムッとするが、ナンパをかわせず戸惑っていた身としては返す言葉がない。

助手席で黙り込んでいると、運転席に乗り込んできた尚樹がため息を吐いて、髪を掻き上げた。

「悪かった」

不機嫌さを露《あら》わにした自分を恥じるように、優しく聞いてくる。

「食事、なにか希望はあるか？」

「……希望ですか？」

いつもは、尚樹が先に目的地を決めていて、予約などの手配も済ませていた。

「時間がわからないから、会ってから決めるつもりでいた」

とりあえずといった感じで、尚樹が車を発進させる。

「それは、こちらこそすみません」

「特に希望がないなら、俺の馴染《なじ》みの店でいいな？」

寿々花が頷くと、ゆっくり車が加速していった。


尚樹が寿々花を案内したのは、彼が一人の時によく使うという個人経営のレストランだった。

外壁や看板に蔦《つた》の絡まるそのレストランは、レトロな内装に落ち着きを感じる。

店の歴史の長さを感じさせる床板や柱は、光沢《こうたく》のある飴《あめ》色に染まっていて味わい深い。銀製のナイフレストや糊《のり》の利いたテーブルクロスは清潔感がありつつ、長年使い込んだ独特の風合いを醸《かも》し出していた。

店に漂《ただよ》っている匂いにも、食欲をそそられる。

「いいお店ですね」

寿々花の素直な称賛に、尚樹がそっと笑う。

「夜遅くまでやってるし、いつも空いてて予約の必要がないから助かる。老夫婦が二人で細々やってる店だから、誰か使ってやらないと気の毒だし」

皮肉っぽい口調だが、厨房《ちゅうぼう》に向ける視線は穏やかだ。

きっと老夫婦のことを気にかけて、定期的に通っているのだろう。

――この人は、こういう人だ。

優しさを相手に悟られるのが恥ずかしいのか、わざと愛想がないフリをする。

「暇で待ち時間が短いから、コース料理を楽しんでも、君の門限に間に合うさ」

ボソリと零す気遣いに、寿々花は「ほらね」と、内心で笑ってしまう。

尚樹は意地悪で悪戯《いたずら》好きに見えて、実は優しい。もしかしたら悪態をつくことで、元来の優しさを誤魔化しているのではないかと思う時すらある。

「そういえば、忘れ物は？」

手を差し出す寿々花に、尚樹がニンマリと微笑む。

「忘れ物なんてないよ」

「はい？」

「俺は『忘れ物はいいの？』と聞いたが、はっきり『忘れ物がある』とは言ってない。君が『忘れ物なんてありません』と言えば終わった話だ」

しれっと言われて、愕然《がくぜん》とする。

「なんでそんなメールを送ってくるんですか」

尚樹が微かに目を細めて、艶《つや》のある表情を浮かべる。

「君と食事したいと思ったから」

「……」

どう返せばいいかわからず、言葉に詰まる。

「この程度で戸惑うようじゃ、まだまだだな」

余裕を感じさせる微笑みに、テーブルの下で握り拳《こぶし》を作る。

――ムカつく。

「ナンパ男のかわし方をはじめ、まだまだ教えることが多そうだ」

指南のし甲斐がありそうだと、尚樹が得意げに笑う。

「……」

こうやってからかってくるから、話しにくくなるのだ。

どのタイミングで打ち明けるべきだろうかと考えていると、食事が運ばれてきた。

「そういえば、昨日、國原が会社に来たよ」

ナイフを取る尚樹が、何気ない感じで告げる。

「ああ……」

今日の会議の布石《ふせき》にするために、専務自《みずか》ら視察してきたのだろう。

――少し門限に遅れても、やっぱり今日中に打ち明けよう。

だけど今は、最後になるかもしれない尚樹との時間を楽しむ。そう決めて、食事をしながら尚樹の話に耳を傾けていた寿々花だが、不意に手の動きを止めた。

「専務とは、大学の同級生だったんですよね？」

彼はちょうど学生時代の昂也との思い出話をしていたのだが、それが二人の中学生の時の話だったのだ。

するとと、尚樹がなんでもないことのように言う。

「もともと國原とは、中学校が同じだったんだ。家庭の事情で俺は途中で転校したが、その後大学で再会したんだよ」

「え……」

尚樹の説明に、寿々花が怪訝《けげん》な顔をする。

一度は見合いをした相手なので、昂也の学歴は承知していた。

彼は、中高一貫の名門校の出身だ。お金がないため苦労したと言っていた尚樹が、昂也と同じ中学に通っていたことに疑問を抱《いだ》く。

それが顔に出ていたのか、尚樹が軽く肩をすくめた。

「その頃は、父が会社経営をしていた関係で、裕福だったんだ」

——嫌な予感がする。

胃の底がざらつく感じがして、寿々花の指が震えた。

「そこそこ手広く運送業を手掛けていたんだが、ある大企業の社長を怒らせてね。あっという間に経営が傾き、倒産した」

静かな口調で語られた内容に、衝撃が走る。

尚樹が中学生の頃、廣茂はまだ社長職に就いていたはずだ。

以前、尚樹は「芦田谷会長には、ビジネスの場で痛い目に遭わされたことがあった」と、話していた。

そして昂也は、尚樹と芦田谷会長の間に直接的なトラブルはないと答えた。

それはつまり、間接的なトラブルはあったということではないのか。

霞《かすみ》の向こうにぼんやりとしか見えていなかった月が、急にハッキリ姿を現した気分だ。

ただその月は、寿々花が見たくない形をしていたが。

豪快に笑う廣茂の顔が頭を過《よぎ》り、体から血の気が引いていく。

ナイフとフォークから手を離し、膝の上で両手を握りしめる。そんな寿々花に尚樹が気遣わしげな視線を向けてきた。しかし、彼の顔を直視することができない。

「………ご家族は、その後……」

「チープな結末さ」

震える声で尋ねる寿々花に、尚樹は薄く笑った。

「虚栄心は強いがストレスにはめっぽう弱い親父殿は、会社の経営が傾くと、立て直しの努力をすることなく会社と家族を放棄した。かき集められるだけの金を持って、愛人の母国に移住したよ。それまで社長夫人として優雅に暮らしていた母は、借金まみれの会社となんの力もない子供の俺を押し付けられて苦労しましたとさ」

「……」

淡々と話す尚樹に、返す言葉がない。

俯《うつむ》いたまま黙り込む寿々花に、尚樹が困った顔を見せた。

「とはいっても、会社倒産後、母は友人を頼って職に就けたし、俺も学校に通えた。起業した後は、それなりの財を築けている。君が落ち込むような話じゃない」

そんなふうに言われても、もう食事を続けることなんてできなかった。

「悪い。そんなに気にするとは思わなかった」

すっかり黙り込んでしまった寿々花を見て、尚樹が気まずそうに謝ってくる。

今はその優しさが苦しい。

以前昴也から、問題を先送りにするべきではないと言われたが、その意味が痛いほどわかった。

寿々花は奥歯を噛みしめ、尚樹へと視線を向ける。

「鷹尾さんに、話さなければいけないことがあります」

「……？」

突然表情を改めた寿々花に、尚樹は「どうぞ」と先を促《うなが》す。

しかし、食事をしながらするような話ではない。

「ここでは……」

せっかくの料理を残すことを申し訳なく思うが、この状況で食事を続けるのは無理だった。

「ここでは、できない話？」

「……はい」

寿々花が頷くと、尚樹はため息を吐いて頷く。

「わかった」

尚樹が手を上げて店主に合図を送る。

そのまま会計を済ませると、尚樹は先に店を出て寿々花のために入り口の扉を押さえてくれる。

重い足取りで歩み寄ると、そっと手を握られる。

尚樹は、店主に軽く詫びると、寿々花の手を引いて外に出た。


静かな場所で話したいと言うと、尚樹のマンションに連れてこられる。

都内の高層マンション上階にある部屋は、お洒落《しゃれ》で綺麗に整頓《せいとん》されているが、なんだか片付きすぎているようにも感じた。

「好きにくつろいで」

一人暮らしにしては広すぎるリビングに寿々花を通し、尚樹が言う。

勧められるまま、ゆったりとした革張りのソファーに腰を下ろすと、彼は続き間のキッチンへ向かった。

「アルコールと水と炭酸水ならどれがいい？」

酒と割物しかない選択肢に、彼の家での過ごし方が窺える。

「飲み物は……いいです」

しかし尚樹は、寿々花の前に外国産の瓶ビールと炭酸水を並べて置いた。

「そんな乾いた声じゃ、上手《うま》く話せないだろ」

いつもと変わらない調子で、どちらか選ぶよう勧める。気に入らなければ、外に出て買ってくると言う尚樹に根負けし、寿々花は炭酸水を手に取った。

「とりあえず飲んで」

隣に腰を下ろした尚樹が告げる。

渋々蓋《ふた》を開け、飲み物と一緒に用意してくれたグラスにそれを注《つ》いで口を付ける。強めの炭酸の刺激が喉に心地よく染み渡った。少し肩の力が抜けた寿々花を見て、尚樹がホッと息を漏らす。

「それで、話って？」

しばらく黙っていた尚樹が、タイミングを見計らって問いかけてきた。

その言葉に、寿々花の決意が揺らぐ。潤《うるお》したばかりの喉が痙攣《けいれん》して言葉が出てこない。

微かに息を呑んだ尚樹が、手にしたビールをテーブルに置く。

「どうした？」

そう言って、寿々花の顎《あご》を持ち上げ顔を覗き込んできた。尚樹の冷たい指が、寿々花の肌に心地よく馴染《なじ》む。

「なんでもないです」

首を振って尚樹の指を外そうとするが、力が強くて逃れることができない。

「じゃあ、なんで泣く？」

「泣いてません」

その言葉に嘘はないが、目が潤《うる》むのを止められなかった。

でもこれは泣いて済む話ではないし、寿々花には泣く権利などない。

「柳原さん……」

尚樹が初めて寿々花を「君」以外で呼んだ。だがその名前は、寿々花のものではない。

「……違いますっ！」

自分は柳原ではないのだと説明したいのだが、それ以上話すと涙が出そうだ。

奥歯を噛みしめ堪《こら》えていると、顎《あご》を捕らえていた指が離れ、背中に手を回される。そして、乱れた気持ちを落ち着かせるように、ゆっくりと背中を叩いてきた。

トントンと、心地よいリズムを刻む大きな手の温もりに、居たたまれなさを感じる。

「――っ」

寿々花は堪《たま》らず、尚樹の手を振り払った。その勢いのまま、足下に置いた鞄の中を探る。

そしてあるものを取り出し、尚樹に差し出した。

「……？　クニハラの社員証？」

差し出されたものを受け取った尚樹は、そこに記されている文字を目で追い、軽く目を開いた。

「騙《だま》してごめんなさい」

やっとの思いで声を絞り出す。

寿々花と社員証を見比べていた尚樹は、プハッと噴き出した。

「なんだ、そんなことか」

笑う尚樹の吐息が、緊張で強張《こわば》る寿々花の頬に触れる。

「……？」

自分の父が、彼の生活を壊し散々苦労させたのだ。そんなこと……で、済む話であるはずがない。

けれど尚樹は、安堵した様子でソファーに背中を預けて笑っている。

戸惑って彼の顔を見つめる寿々花に、笑うのをやめた尚樹が苦笑いを浮かべた。

「てっきり、ウチとの業務提携がなくなったのかと思った」

尚樹の立場なら、時期的に今日の会議の議題が、ＳＡＮＧＩとの業務提携の件だと察することができただろう。

そのタイミングで、神妙な顔をした寿々花に話があると言われたので、勘違いしたらしい。

「そちらの件は……」

「話したいことが別件なら、会議の内容は話さなくていい。君との時間は、完全なるプライベートだから」

寿々花の言葉を素早く遮《さえぎ》った尚樹は、背もたれから身を起こし寿々花の顔を覗き込む。その表情は、酷く申し訳なさそうだった。

「俺の方こそ、嘘をつかせてしまって悪かった」

「え……？」

「出会った日、俺が芦田谷会長のことを悪く言ったから、本当のことを言い出せなくなったんだろう？　知らなかったとはいえ、君の家族の悪口を言って悪かった」

状況を思い出し、尚樹が寿々花の気持ちを察する。

「確かに最初はそうでしたけど……」

その後打ち明けることができずにズルズルときてしまったのは、寿々花の弱さだ。そのことを謝ると、笑って首を横に振られる。

「随分と悩ませてしまったんだろう？」

寿々花の手に自分の手を重ねて謝罪してきた。

普段は意地悪で悪戯《いたずら》の過ぎる人だが、大事な場所では冗談や嘘で状況を誤魔化したりしない。相手の気持ちに真摯《しんし》に向き合ってくれる、強さと優しさを持った人なのだ。

「……っ」

寿々花の素性を知った上でも変わらない彼の優しさに、堪《こら》えていた涙が堰《せき》を切って流れる。

「だから、ごめんて」

涙を違う意味に受け取って、再び謝ってくる彼に慌てて首を横に振った。

「違い……ます。鷹尾さんは……くっ……ないです。私の父……が……貴方の……した…………考えれば…………」

しゃくり上げながら切れ切れに言葉を伝える。その背中を尚樹が困ったように抱き寄せた。

「それは、君の親と俺の親との間に起きた出来事だ。君にも俺にも関係ない」

「そんな……単純な話では………」

顔を上げて否定した寿々花を、尚樹の腕が包み込んだ。

「俺の人生は俺のものだ。誰かのせいで不幸になるほど脆弱《ぜいじゃく》な生き方はしていない。だから、君が心を痛めることはないんだ」

　彼の力強い声と腕の温もりが、寿々花の心を勇気づける。

「それに、もし君を恨むなら、俺は過去の大半を恨まなきゃいけなくなる。家が貧しくなった途端、手のひらを返した友人。思い通りにいかなくなった途端、あっさり家族を切り捨てた父親。そのきっかけを作った芦田谷会長。弱くて依存心の強い母親や、その背中を見て育つ苦痛……」

　一つ一つ過去の苦痛な出来事を挙げていく尚樹は、いつもの強気な笑みを浮かべ「全ては過去のことだ」と切り捨てる。

「俺は、そんな不毛なエネルギーを持ち合わせてないよ。消えて無くなった会社を思うより、自分の会社を守る方がずっと大事だ」

　そう断言した尚樹は、迷いのない顔で寿々花に微笑んだ。

「家族は、人生の一部にすぎない。だから抱え込みすぎず、君も、君の人生を生きろ」

　過去にも家族にも縛られることのない彼の強さが、寿々花を罪悪感から解放してくれる。

　彼の内面の強さをそのまま反映させたような、凛々《りり》しく端整な横顔を眺めているうちに、さっきまでとは違う意味で泣きたくなる。

　自分の決めた道を迷いなく突き進む尚樹を眩《まぶ》しく思う。

　変わりたいと思いながら、すぐに迷ってしまう自分とは大違いだ。

　寿々花は引き寄せられるように尚樹の背中に手を回し、彼の胸に顔を埋《うず》める。その背中を、尚樹がそっと撫でては、時折、トントンと優しく叩く。

親が小さな子供を宥《なだ》めるような優しい抱擁《ほうよう》だ。

彼に子供扱いされるのは癪《しゃく》で仕方なかったはずなのに、不思議なくらい心地よい。

どのくらい、そうして泣いていたのだろう。尚樹がそっと語りかけてきた。

「君の本名を知った、俺の正直な気持ちを教えようか?」

「……」

泣き疲れてボンヤリする寿々花の耳元に、尚樹が顔を寄せて囁《ささや》く。

「お母さん似でよかったね、寿々花さん」

初めて彼に自分の名前を呼ばれた。

ぽかんとして目を丸くした寿々花に、尚樹がニンマリと相変わらずな笑みを浮かべた。

彼は真面目くさった顔で、自分の眉の辺りで指をワシャワシャと動かす。どうやら廣茂の太い眉を表現しているらしい。

そのまま鼻の頭に皺《しわ》を寄せ、心底嫌そうに首を横に振った。

茶目っ気たっぷりな尚樹の動きに、そんな状況ではないとわかっているのに笑ってしまう。

そんな寿々花の背中に、再び大きな手が回される。

「よかった、笑ってくれた」

心から安堵した様子で呟いた尚樹が、自然な流れで寿々花の顎《あご》を持ち上げた。

そのまま、顔を寄せてくる。

彼が求めているものを理解した寿々花は、引き寄せられるように目を閉じた。尚樹の唇がそっと寿々花のそれに重なる。

軽く触れた唇は、一度離れた後、すぐに寿々花の唇を求めてくる。

そのまま二度三度と、キスを交わしていく。

「好きだよ」

そう囁《ささや》く尚樹が、寿々花を強く抱きしめた。

包み込むような尚樹の温もりが心地よく、寿々花にはもう彼の腕を振り解くことはできない。

――この温もりが好きだ……

寿々花は、自分から尚樹の背中に腕を回し、彼の温もりに甘えた。

◇　◇　◇

「……ずるいだろ」

ソファーで寿々花を抱きかかえる尚樹は、自分の胸で眠る彼女の頬を軽く摘まむ。

寿々花が微かに身じろぎ、慌ててその手を引っ込めた。そしてまた、寿々花の背中を撫でる。

付き合ってもいない女性を腕に抱いて夜を過ごすのは初めてだ。

嘘をついていた後ろめたさから解放され安堵したのか、穏やかな寝息を立てている。

自分の腕の中で無防備に眠る寿々花の姿に、庇護欲《ひごよく》が掻き立てられる。

「……違うな」

庇護欲《ひごよく》の陰に隠れた自分の本音に気付き、つい苦笑いを浮かべてしまった。

思わず彼女に口付けてしまった時から、自分の本音はわかっている。守るという名目のもと、寿々花を側に置いて独占したいのだ。

「ほんと、無防備すぎるだろ」

寝ている人間に説教をしても詮《せん》無いことを承知で、つい小言が出てしまう。

尚樹はこれまで、人間関係は常にシンプルでありたいと思っていた。

何事にも執着することなく、その時々で、自分と利害関係の合う人と割り切った付き合いをしようと決めたのは、父が失踪した後からだ。

——執着心なんて無駄だ。

自分の母親を見ていて、つくづくそう思った。

妻という立場に執着して、自分が捨てられたことを認められなかった母は、「夫が帰って来るまでは……」と、知識もないのに傾いた会社の立て直しに奔走《ほんそう》した。その結果、従業員にも取引先にも、多大なる迷惑をかける形で倒産の日を迎えたのだ。

母親が下手《へた》に執着心など持たず、早々に会社をたたんでいれば、他人にかける迷惑を軽減できていたはずだと尚樹は思う。

誰もが不幸の渦《うず》に呑み込まれていった日々は、今でも時折夢に見るほど悲惨なものだった。

だから尚樹は、執着心を持たないよう生きてきたのだ。

「それなのに……」

尚樹は自分の腕の中で眠る寿々花の顔を見つめた。

名前を呼ぶと情が移りそうで、ずっと「君」で通してきたのに、一度呼んでしまうと、名前で呼びたくなるから不思議だ。

しかも「柳原さん」と思っていた寿々花を、今さら「芦田谷さん」とは呼びにくく、ファーストネームで呼んでしまった。

出会った時から、寿々花とは上手《うま》く距離を保てない自分がいる。

執着心や独占欲は不要な感情だと思っていたのに、日に日に、寿々花を自分の側に置いておきたいという欲求が抑えられなくなっていた。

彼女が芦田谷会長の娘だとわかった今、関わらない方がいいのはわかっている。会長が愛娘を溺《でき》愛《あい》しているのは有名な話だ。

面倒を避けるために、今すぐ寿々花を送り帰し、この関係を終わりにするのが得策だろう。

自分が側にいなくても彼女は会長が守ってくれる。尚樹は今までの暮らしに戻るだけだ。

それが、一番いい——

「なんてな……」

そんなの冗談じゃないと、尚樹は不敵な笑みを浮かべる。

自分はそんな物わかりのいい人間じゃない。

無駄な執着心を持つつもりはないが、一度抱《いだ》いた欲求を我慢できるような性格もしていない。それができるなら、ここまで貪欲に生きてこなかっただろう。

既に気持ちは定まった。

自分は寿々花が好きだし、彼女を守る役目を他の誰かに渡すつもりはない。

かつてない強い独占欲が尚樹の心を掻き立て、飢餓感を覚える。

眠る寿々花の頭に頬を寄せながら、この飢えを満たす方法に考えを巡《めぐ》らせた。

◇　◇　◇

喉の渇きで目を覚ました寿々花は、ぼやけた視界と自分を包む心地よい温もりに首をかしげた。

寝ぼけた頭で少し考え、視界の違和感はコンタクトをつけたまま寝たせいだと気付く。

ではこの温もりは……と、僅《わず》かに体を動かした直後、体を大きく跳ねさせた。しかし背中に腕が回されていて、ほとんど体は動かなかったが。

「鷹尾さん……っ」

自分は今、尚樹の腕の中にいる。

その状況に動揺するが、すぐに尚樹の部屋を訪れていたことを思い出す。

全てを打ち明けた安堵感から涙が止まらなくなったのは覚えている。どうやら、泣くだけ泣いて居眠りをしてしまっていたらしい。

この状況に至った顛末《てんまつ》を思い出すと同時に、尚樹と交わした口付けの感触も蘇《よみがえ》ってくる。

引き寄せられるように唇を重ねた瞬間、自分の中に湧き上がった感情をもう誤魔化すことはできない。

寿々花は規則正しい呼吸を刻む尚樹の胸に頬を寄せる。

——この人が好きだ。

その感情がいつ芽生えたのかはわからない。けれど、確実に自分は尚樹に好意を抱《いだ》いている。

——だから、なかなか真実を打ち明けられなかったのだ。

ズレたコンタクトが徐々に馴染《なじ》んでくると、彼の端整な顔が鮮明に見えてくる。

眠る尚樹を美しいと思う。それは整った容姿だけでなく、迷いなく生きる彼の強さを美しいと感じているからだろう。

そして彼は、寿々花にも自分の人生を生きろと言ってくれた。

その言葉に寿々花の心が大きく反応したのは、彼女自身がそれを願っているからだ。尚樹の思いに応《こた》えるにはどうすればいいだろうと考えていると、彼がもぞりと体を動かした。

「起きたか」

掠れた声で呟いた尚樹は、寿々花の背中に回していた腕をグッと伸ばす。

思い切り伸びをした後、すぐに寿々花の背中に腕を回してくる。その温もりが愛おしくて、寿々花は戸惑いつつも彼の腕に甘えた。

「お互い、寝てしまったみたいだな。何時だろう……」

時間を確かめるべく尚樹が首を動かすのに合わせて視線を巡《めぐ》らせた。そうして目に入ってきた時計は、深夜一時を指している。

「帰らなきゃっ」

ある程度、門限を過ぎる覚悟はしていたが、ここまで遅くなるつもりはなかった。

とにかく家に連絡を入れなければ、と焦って身を起こそうとするのを、尚樹の腕に阻《はば》まれる。

「あの……鷹尾さん……」

腕を解いてくださいともがくが、背中に回った腕はびくともしない。

「帰さない」

寿々花の動きを阻《はば》みつつ、尚樹が掠れた声で言う。

「だって……」

門限を過ぎれば過ぎるほど、廣茂は面倒くさくなっていくはずだ。

もしかしたら今頃、警察に捜索願を出しているかもしれないし、関係各所に圧力をかけて寿々花を捜索させているかもしれない。

焦る寿々花とは裏腹に、尚樹が寿々花を解放してくれる気配はなかった。

どう考えても面倒な方向に転がる予感しかしないのに、引き留める理由がわからない。

戸惑う寿々花の顔を覗き込み、尚樹は彼女の少し乱れた髪をクシャリと撫でた。

「君が好きだから、もっと一緒にいたいんだよ」

「……っ」

普段の彼からは想像もできない率直な愛の言葉に、寿々花の頬が熱くなる。

こちらが反応を見せた途端、「なんてね」と、からかってくるのではないかと警戒してしまう。

だが、そんな気配もない。

尚樹は、困ったように微笑むと、表情を少しだけ真面目なものにした。

「君が自分の意志で帰りたいと思っているなら、引き留めない。だけど門限だから帰らなくちゃいけないというなら、帰したくない」

「……でも、帰らないと鷹尾さんに迷惑をかける可能性が……」

もちろん、寿々花が尚樹の名前を出すことはない。

それでも、万が一尚樹の名前が廣茂の耳に入るようなことがあれば、迷惑をかけるのは目に見えている。

気遣う寿々花に、尚樹は強気な笑みを浮かべてみせた。

「かまわないさ。門限があると知っていて、君を起こさなかった。その段階で、これは俺の責任でもある」

「でも父を怒らせると、なにをするかわかりません……」

廣茂を怒らせたらどうなるか、既に身をもって経験している尚樹には言うまでもないことだが、それでもつい警告してしまう。

そんな寿々花に、尚樹は「わかっているよ」と、苦笑した。

「芦田谷会長は、俺よりずっと偉大な御仁《ごじん》だ。それでも俺は、君と一緒にいたいんだ」

見上げた彼の顔は、強気で迷いがない。

廣茂の影響力を理解した上で、自分にそんなことを言ってくれる人が現れるなんて、思ったこともなかった。

廣茂の影に媚《こ》びることも、おののくこともない。

そんな尚樹は、誰よりも凛々《りり》しく美しかった。

――綺麗なものには引力がある……

ふと、シルバーのドレスに引き寄せられた時のことを思い出す。

自分らしくないと思いつつも、その美しさに惚れ込んで触れた手を離せなくなった。

あのドレスを買った時、涼子はお伽噺《とぎばなし》のような恋をすれば、数学の難問を解くよりも早く幸せになれると言った。

そんなの、ただの夢物語だと思ったけれど、今の自分は確かに幸せを感じている。

『王子様が求めるのは、お姫様の愛だけよ。だから寿々花さんも、相手を心から愛せばいいの』

涼子の言葉がやけに鮮明に蘇《よみがえ》り――

「愛しています」

気付けば、そう口にしていた。目の前の尚樹が、蕩《とろ》けるような表情を見せる。

言葉もなく顔を寄せてくる尚樹に、そっと目を閉じた。

唇を重ねると、それだけで互いの気持ちが伝わってくるようだ。

数秒唇を重ねると、唇を離した尚樹が寿々花に言う。

「俺も、君を愛している。だから、今日は帰らないで」

甘えるような尚樹の言葉に、寿々花は小さく笑い首の動きで返す。

「君じゃなく、名前で呼んでください」

「寿々花」

「――っ」

自分で頼んでおきながら、それはそれで恥ずかしくつい赤面してしまう。

そんな寿々花を、尚樹が抱きしめてくる。

「可愛い、寿々花」

尚樹の醸《かも》し出す甘い雰囲気に、色恋に免疫のない寿々花は落ち着かない。堪《たま》らず、尚樹の胸を押して腕の中から抜け出した。

「家に、連絡を入れてきます。……ついでに洗面室を借りていいですか？」

足下の鞄からスマホを取り出し立ち上がった寿々花に、尚樹は手の動きで「どうぞ」と返す。

ソファーを離れる寿々花に、尚樹が何気ない感じで声をかけてきた。

「バスルームのものは、好きに使っていいから」

「……え？」

――バスルーム？

不思議そうな顔で振り向いた寿々花だが、一瞬遅れて言葉の意味を理解して、真っ赤な顔で口をパクパクさせる。

どう反応すればいいかわからず戸惑っていると、尚樹がククッと喉を鳴らした。

口元を手で隠し無理矢理笑いを呑み込んだ尚樹は、困り顔で口を開く。

「泊まるなら、汗を流したいかなと思っただけだ」

「ああ……」

確かに、シャワーは使いたい。

「怯《おび》えなくても、その気がないうちは、なにもしないから安心しろ」

「怯《おび》えてなんか……」

いない……と、言いかけて口を噤《つぐ》む。そんな寿々花に、尚樹がからかいの視線を向けてくる。

「じゃあするか?」

「——っ」

「冗談だ」

軽やかに笑う尚樹にムッと眉根を寄せ、思い切り背を向ける。そんな寿々花を、尚樹が呼び止めた。

「寿々花」

足を止め、首だけを動かし視線を向ける。

「俺の名前は、尚樹だ」

あれやこれや、返答に困ることが増えていく。

「……シャワー、お借りします」

結局、そう返すのがやっとだった。

足早にリビングを出る寿々花の耳に、バスルームの場所を告げる尚樹の声が聞こえた。

◇　◇　◇

買い置きの歯ブラシをもらい、シャワーを浴びた寿々花は、再びリビングのソファーに座ってマナーモードにしたままのスマホ画面を確認する。

シャワーの前に確認した時は、案の定、父の廣茂からおびただしい数の着信履歴が残されていた。それだけでなく、比奈や涼子からもメールと着信があった。おそらく、寿々花の家族の誰かから二人にも連絡が行ったのだろう。

このまま連絡をしないで捜索願いを出されるのも困るが、廣茂へ連絡しても、それはそれで面倒なことになりそうな気がした。

そこで寿々花は、比奈と涼子に謝罪のメールを送り、家族には二番目の兄・剛志へ、外泊するが心配はいらない旨のメールを送った。

剛志からは、すぐに『了解』と、淡泊なメールが返ってきた。その素っ気ないメールに、兄の優しさを感じる。

剛志に伝言を頼んだところで廣茂が外泊に納得するはずもなく、その後もかなりの着信が残されている。寿々花はそれを見なかったことにして、スマホの電源を切った。

ほっと息を吐いた寿々花は、改めてリビングを見渡す。

よく考えれば、一人暮らしの男性の家に上がるのは初めてだ。清潔でシンプルな色調で統一された部屋は、家族で暮らす寿々花の家とは違った落ち着きがある。

「服、クリーニング機に入れておいたから」

入れ替わりでシャワーを浴びに行った尚樹が、リビングに戻ってきて言う。

寿々花がシャワーを浴びている間に、尚樹がとりあえずの着替えとして服を貸してくれた。

大きすぎる白のTシャツとグレーの七分丈のスエットは、おそらく新品だろう。それでも袖を通すと、微かに尚樹の匂いがするような気がして、くすぐったい気持ちになる。

「ありがとうございます」

冷蔵庫から新しい飲み物を取り出した尚樹が、寿々花の隣に腰を下ろした。

渡された飲み物は、さっき尚樹が飲んでいたのと同じメーカーの瓶ビールだ。

いただきますと、頭を下げてビールを飲む。同じものを飲みながら、尚樹がもの言いたげな視線を向けてきた。

「なにか?」

「いや、その持ち方だと、お茶を飲んでるみたいだな」

そう言われて自分の手元を見る。

左手を瓶の底に添え、右手で瓶の胴体を包み込む形は、確かにお茶を啜《すす》る時のそれと重なる。

「すみません」

ビールを直接瓶から飲んだことがないので、どうするのが正しいかわからない。

チラリと尚樹を窺えば、彼は片手で瓶を握っている。だがその持ち方は、自分にはどうかと思う。

難しい顔でいろんな角度から瓶を観察していると、尚樹が噴き出した。

「寿々花は、そのままでいいと思うよ」

今までも尚樹には、散々からかいまじりに笑われてきた。でも今自分を笑う彼は、これまでとは異なる優しい雰囲気を纏《まと》っている。

愛おしさを隠さない笑い方に、寿々花の方が恥ずかしくなる。

好きという感情を認めただけで、人の空気はこんなにも変わるものなのだろうか。

――私の空気も、変化しているのだろうか。

そんなことを考える寿々花に、尚樹が「これからどうしたい？」と、聞いてくる。

「……？」

「このまま飲むなら、なにかケータリングでも取るし。後は映画を観るか、ゲームでもするか？」

夜の過ごし方をあれこれ提案してくる尚樹に、今度は寿々花が笑ってしまう。

そんなことをするために、廣茂を怒らせるのを承知で自分を引き留めたのか……

クスクスと楽しげに笑う寿々花はビールをテーブルに置き、尚樹の胸に自分の体を預けた。

「映画や食事の楽しみ方は十分教えてもらいました。今は、尚樹さんとこうしていたいです」

顔を寄せた尚樹の胸が、少し速い鼓動を刻む。

それを聞いているだけで、幸せな気分になった。

誰かを好きになること、そしてその人の温もりを感じられること。それがこんなにも幸せなことだと、今まで知らなかった。

「愛しています」

自然と湧き上がる感情を、素直に言葉にする。寿々花の頬に、尚樹の手が触れた。

「俺もだ」

愛してる……と、重なった唇が声なく告げた。

尚樹の右手が寿々花の背中へ回り、自分へと強く引き寄せる。体が仰《の》け反《ぞ》り、自然と開いた唇から、ヌルリと彼の舌が忍び込んでくる。

「うっ」

明らかに、さっきまでと違う口付けに、体を強張《こわば》らせる。

尚樹はどうすればいいか教えるように、左手で寿々花の顎《あご》を捕らえ、舌を動かし彼女の舌を絡め取っていく。

ビールの苦みを纏《まと》った舌が、口内を優しく撫で回す。

その感触は嫌ではない。だが、体の奥の方からムズムズとした痺《しび》れが湧き起こり、逃げ出したい衝動に駆られる。無意識に身を捩《よじ》ろうとするが、尚樹の手が腰を捕らえていて動けない。

逃げようとしたことを咎《とが》めるように、尚樹はさらに激しく寿々花の口腔《こうこう》を蹂躪《じゅうりん》していく。

自分の口内へ誘い込んだ寿々花の舌を甘噛みしたり、付け根まで自分の舌を這《は》わせたりしてくる。

「んっ……ッ……ぅ」

優しくくすぐるような舌遣いとは違い、貪《むさぼ》るみたいな舌の動きに息苦しさを感じる。

荒々しく口内を探られ、痛いくらいに舌を弄《もてあそ》ばれるうちに、頭がくらくらしてきた。

「嫌じゃないなら、少し体の力を抜いて。俺に体を任せて」

やっと唇を解放してくれた尚樹が、体を強張《こわば》らせる寿々花にアドバイスする。

「……だ……てっ」

言われたところで、簡単にできるものではない。

「こういうことに……不慣れなんです」

男性経験など皆無なのだ。こういう時、どういう態度を取ったらいいのかわからない。

眉尻を下げて打ち明ける寿々花の髪を、尚樹がクシャリと優しく撫でる。

「知ってる」

そのまま滑らせるように後頭部へ手を移動させ、首筋に唇を触れさせる。

尚樹の湿った唇の感触に、肌が過剰反応してざわりと粟立《あわだ》つ。

彼は寿々花の反応を見ながら、優しく唇で肌を食《は》んでいく。

「……っ」

刺激自体は些細《ささい》なもののはずなのに、これまでとは違う淫靡《いんび》な感覚を寿々花に与えた。

初めて経験する感覚を持て余し、寿々花は尚樹の腕の中でもがく。だが、それを気にする様子もなく彼の唇が肌の上を動き回る。そのうち、ヌルリとした奇妙な感覚が寿々花を襲った。

驚いて肩を跳ねさせるが、頭と腰を押さえられているのでどうすることもできない。

寿々花の肌を撫でる彼の舌が、いつの間にか酷く熱を帯びている。

熱く濡れた舌が肌を這《は》う感覚に、再び体の奥から甘い痺《しび》れが湧き上がってきた。

触れられているのは首筋なのに、何故か下半身が疼《うず》く。くすぐったいような落ち着かない感覚に、寿々花の腰が自然とくねる。すると尚樹は、笑うように息を漏らし、さらに情熱的に唇を動かしていく。

熱く湿った尚樹の舌は、首筋を徐々に上がって耳朶《じだ》を食《は》んだ。

その瞬間、尚樹の吐息が寿々花の鼓膜を刺激する。

「あぁ……やぁぁ……っ」

耳朶《じだ》を甘噛みされ、寿々花の口から甘く湿った声が漏れた。

拒絶しているのかねだっているのかわからない声に、尚樹が寿々花の目を覗き込んで尋ねる。

「俺に触られるのは嫌か？」

「……そういう言い方は、ずるいです」

尚樹に触れられるのが、嫌なわけではない。

ただ未知の刺激をどう受け止めればいいのかわからないのだ。

小さな声で詰《なじ》る寿々花に、尚樹が愛おしげに微笑む。

「……俺は、寿々花のためならなんでもできるし、寿々花の嫌がることはしないよ」

尚樹は優しい声でそう言って、寿々花に口付ける。

触れた唇で寿々花の緊張がほぐれたことを確認すると、後頭部に回していた手を彼女の胸へ移動させた。

Tシャツを着ただけの胸の膨らみに、尚樹の大きな手が触れる。

下から掬《すく》い上げるように胸を揉まれ、寿々花が体を跳ねさせた。寿々花の緊張を感じ取った尚樹は、彼女の頬にキスをして気持ちを落ち着かせてくれた。

温かな唇の感触に寿々花が落ち着きを取り戻すと、尚樹の手が再び動き出す。

しばらく手のひらで胸の弾力を楽しんでいた彼の指に、力が入った。

「んっ」

寿々花の胸は尚樹の指の動きのままに形を変える。不意に彼の手が胸から離れたかと思うと、すぐにシャツの下から忍び込んできて、直《じか》に寿々花の胸に触れた。

尚樹はそのまま、強く弱く、胸を揉みしだく。

直接肌に感じる強い刺激に、寿々花は身を捩《よじ》らせた。

「……あっ」

ぎゅっと胸を鷲掴《わしづか》みにされ、切ない息を漏らす。

「いい声だ」

そう囁《ささや》く尚樹は、寿々花のさらなる声を求めるように、指の間に胸の先端を挟んで軽く引っ張る。

「ヤッ」

痛みよりジンとした痺《しび》れを感じて、寿々花はビクッと体を跳ねさせた。

そんな寿々花の反応が気に入ったのか、尚樹は胸の先端を強く引っ張ったり、指先で押し潰すようにしたりする。

「駄目っ、やめてください」

尚樹の手首を両手で掴み、懇願する。

「本当に駄目？」

「…………っ」

胸の上でやわやわと指を動かしながら聞かれる。答えられずに甘い息を漏らす寿々花を見つめて、尚樹はクツリと笑みを零した。

女性の扱いに慣れた尚樹には、寿々花の本心などお見通しなのだろう。

巧みな愛撫《あいぶ》で、徐々に寿々花の思考を絡め取っていく。

そして寿々花は、言い繕《つくろ》う言葉を失い、正直にならざるを得なくなる。

「駄目、じゃないです」

観念したように、寿々花が本音を口にする。

「知ってる」

強気な口調で笑った尚樹は、寿々花から離れて立ち上がった。そして、寿々花の体の下に両手を入れると、軽々と抱き上げる。

「キャッ、……あの……」

急な浮遊感に焦り、尚樹の首にしがみつく。

「このままここでする？」

尚樹の問いかけに、寿々花は言いかけた言葉を呑み込んだ。

「じゃあ、続きは寝室で」

寿々花の頬に口付けて、尚樹は彼女を抱きかかえたまま歩き出した。

尚樹は広い廊下を進んだ先の扉を、器用に開いて中へ入る。

薄暗い部屋の中央には、暗い色合いのシーツが掛けられたキングサイズのベッドが見えた。

尚樹は抱えていた寿々花を、そっとベッドに横たえる。

そのかたわらに尚樹が腰を下ろすと、その加重で僅《わず》かにマットレスがたわんだ。

「……ぁっ」

か細い声を漏らし、寿々花はマットレスに肘を付いて上半身を起こす。自分のものとは異なるシーツの手触りに緊張してきた。

「寿々花……」

尚樹が、愛おしげな声で名前を呼ぶ。

その声に「はい」と応《こた》えると、寿々花の顎《あご》を片手で持ち上げた尚樹に口付けられる。

「……ふぁっ」

唇と唇が重なり合うだけの口付けなのに、甘い吐息が漏れてしまう。

リビングでは、もっと濃厚な口付けをしていた。けれど、薄暗い寝室で交わす口付けは、それとは異なる濃度があるらしい。

「唇から寿々花の緊張が伝わってくる」

尚樹は顎《あご》を捕らえていない方の手を、寿々花の手の上に重ねる。

尚樹の大きな手は、指が長く関節が太くて男らしい。華奢《きゃしゃ》な寿々花の手とは比べものにならない逞《たくま》しさだ。

そのことに今さら気付いてさらに緊張する寿々花に、尚樹が言う。

「俺も緊張しているんだよ」

「……？」

そんなことあるはずがない。そんな顔をする寿々花に、尚樹が囁《ささや》く。

「好きな人に、初めて触れるんだから」

おあいこだ、と言う彼に、微かだけど寿々花の心がほぐれる。

寿々花は手を動かし、尚樹の手を自分の顔へと引き寄せた。

――彼に身を任せればいい。

そう納得した寿々花は、尚樹の手の甲に口付ける。

すぐに尚樹は、寿々花の頬を両手で包み込み唇を押し付けてきた。

「……っはぁっ………くふぅっ……――っ」

唇の隙間から忍び込んだ舌が、甘く激しく寿々花を翻弄《ほんろう》し、思うように息もできない。

ぴったりと重なった唇から流れ込む尚樹の息遣いは、荒く野性味を感じさせる。

その息遣いに煽《あお》られるように、寿々花の呼吸も乱れていった。

「寿々花、舌を出して」

微かに唇を離した尚樹が命じてくる。

艶《なま》めかしい口付けに思考を奪われながら、それに従う。彼は寿々花の舌を甘噛みしたり、舌を絡めて舐《な》め回したりしてきた。

慣れない行為に、ますます呼吸のタイミングが掴めなくなる。

息苦しさと緊張から、自分の鼓動が加速するのを感じた。

苦しくてしょうがないのに、その息苦しさが愛おしくて、いつしか寿々花からも尚樹の舌を求めてしまう。

絶え間なく続く口付けに、頭がくらくらしてくる。

そんな寿々花を、尚樹がベッドへ押し倒した。

自分の上に覆《おお》い被さってくる尚樹はやはり美しく、向けられる眼差しは意志の強さに溢《あふ》れている。

――この眼差しから、逃げられるわけがない……

もともと整った顔立ちをした尚樹だが、その強い眼差しが人としての深みとなり、彼の魅力となっているのは確かだ。

彼の美しさが、寿々花を強く惹きつけてやまない。

尚樹の手がTシャツに触れると、寿々花は服を脱がしやすいように体を動かした。

下着を含め寿々花の服を全て慣れた手つきで脱がせた尚樹は、一度体を離して自分の服を脱ぎ捨てる。そして、再び寿々花の上へと覆《おお》い被さってきた。

薄暗い室内に差し込む仄《ほの》かな灯りに照らされた尚樹の体は、鍛《きた》え抜かれたアスリートのように引き締まっている。

「温かい……」

直《じか》に触れ合った尚樹の体温に、寿々花がそっと声を漏らした。

それに微笑んだ尚樹は、優しく寿々花に口付ける。

彼に身を任せ、そっと瞼《まぶた》を閉じた。

尚樹の手が、ゆっくりと寿々花の胸の膨らみに触れる。

大きな右手で左の乳房を鷲掴《わしづか》みにされると、まるで心臓を掴まれたような気持ちになった。

尚樹は指の力に強弱を付けながら、寿々花の胸を揉みしだく。

そうしながら不意を衝《つ》くように、指で胸の先端を挟まれ引っ張られる。

「――っ！」

突然与えられる強い刺激に、寿々花の体がピクリと跳ねた。

間近に感じる尚樹の視線が恥ずかしくて目を閉じたのに、なにをされるかわからない緊張で、肌が酷く敏感になっている。

「寿々花は、着痩《きや》せするタイプなのか」

「そんなこと……っ」

男性にそんな言葉を投げかけられた経験のない寿々花が返答に困っていると、言葉の意味を証明するように、尚樹はさっきより強く指を乳房に食い込ませた。

尚樹に与えられる全ての刺激が、寿々花の体温を上昇させる。

その感覚に身を任せていると、寿々花の右胸の膨らみに尚樹の舌が触れた。

「あっ……やぁっ」

不意討ちの感覚に驚き、寿々花が尚樹の肩を押す。

しかし尚樹は、寿々花の抵抗をものともせず、胸の膨らみに舌を這《は》わせ続ける。

そうしながら寿々花の両手を左手で一纏《まと》めにし、頭の上で押さえ付けた。

その姿勢が恥ずかしく、寿々花は必死に体をくねらせる。だがそれにより、自《みずか》ら尚樹に胸を差し出す体勢になってしまった。

思わず目を開くと、野性味を帯びた視線で自分を見上げる尚樹と目が合う。

「あの……っぁ……」

いつもは強気な表情の彼だが、今の彼には普段とは異なる艶《つや》のある色気を感じる。

「男を誘ういい声だ」

そんなふうに言われると、声を出すのが恥ずかしくなる。

「……っ」

咄嗟《とっさ》に下唇を噛んで声を堪《こら》えると、それを叱るように尚樹が首筋に舌を這《は》わせてきた。そして、寿々花の耳に顔を寄せて囁《ささや》く。

「声を我慢するな。寿々花の感じる場所を、ちゃんと俺に教えるんだ」

そう言って、彼は再び寿々花の首筋に口付ける。

ねっとりとした舌が肌を這《は》う感覚に、寿々花の踵《かかと》がシーツの上を滑る。

「……あぁっ…………っ」

堪《こら》える間もなく、唇から甘い声が漏れてしまう。

「やっぱりいい声だ」

首筋から唇を離した尚樹が満足げに呟く。彼はさらなる声を引き出そうと、大胆に寿々花の体に舌を這《は》わせていった。

唾液の筋を作りつつ、尚樹の舌が寿々花の乳房を舐《な》め回す。

胸の膨らみをじっくり這《は》っていた舌が、不意に右胸の先端を捕らえた。

「――っ！」

今までとは比べものにならない刺激に、寿々花は体を捻《よじ》って尚樹から逃げようとする。けれど、両手を掴まれているのでそれもできない。

寿々花の素直な反応に、尚樹がそっとほくそ笑む。そしてそのまま、寿々花の胸の先端を舌で転がし始めた。

経験したことのない淫靡《いんび》な感触に、寿々花は息苦しいほどの衝撃を受ける。

いつの間にかすっかり硬くなっている胸の先端に、尚樹の舌が絡み付く。クチュクチュと、わざと音を立てて胸を吸われ、堪《たま》らず寿々花が身悶《みもだ》えた。

そんな寿々花を楽しむように、尚樹はさらに激しく彼女の胸を攻め立てる。

胸の先端を強く吸われて、チリチリとした痛みが走った。

思わず寿々花が小さく悲鳴を上げると、今度は優しくそこを舐《な》め始める。

胸の上でねっとりと蠢《うごめ》く舌の感触に、寿々花は無駄な抵抗とわかりつつ身を捩《よじ》った。刺激されているのは胸なのに、下腹部までもが熱く疼《うず》いてくる。

「あぁぁ……やぁっ……」

寿々花は、下腹部に溜まる熱に堪《たま》りかね甘い声を漏らす。

尚樹にクスリと息を漏らされ、ますます恥ずかしさが募る。困ったように視線を泳がせる寿々花に、顔を上げた尚樹が囁《ささや》いた。

「感じているなら声を出して。その方が、寿々花の感じる場所を知ることができる」

「……でも、こんなっ……恥ずかしい」

浅ましいほど快楽に敏感になっている自分が、居たたまれない。

「感じることは恥ずかしいことじゃない。それに、その方が後で痛くないよ」

「…………」

何気ない一言に、寿々花の体に緊張が走る。

初めての際、痛みが伴うことは知識として知っている。だが、その痛みがどれほどなのかは想像できない。

再び緊張で体を固くする寿々花に、尚樹が口付けてきた。

「大丈夫、優しくするから」

そう言って、寿々花の胸を唇で刺激しながら、右手を彼女の下半身へと移動させていく。

寿々花の腰のくびれを確認するように滑《なめ》らかに手を動かす。そっと触れるだけの動きは、少しくすぐったい。

思わず寿々花が腰をくねらせると、尚樹に胸の先端を甘く噛まれた。

痛むというほどではない僅《わず》かな刺激ながら、寿々花の全身にビリビリとした痺《しび》れが走る。

「あぁぁっ――っ」

寿々花が声を上げると、尚樹が「いい子だ」と、優しく囁《ささや》く。

そして、より丹念に舌と唇で乳首を愛撫《あいぶ》する。

「あっ！　っはぁ………ぁあっ」

薄暗い室内に、寿々花の甘く鼻にかかった声が響く。

その声に反応したように、尚樹は右手をさらに下へと進めていった。

「はぁ………ああ………んっ」

寿々花は喘《あえ》ぎ声を上げながら、尚樹の手の目指す場所を予測して瞼《まぶた》を閉じた。

薄い茂みを掻き分け、尚樹の長い指が寿々花の割目を撫でる。

何度もゆっくりと上下に動かされる指の動きに、下腹部がジンジン痺《しび》れてきた。

「濡れてるよ」

尚樹の言葉に、寿々花はぎゅっと強く瞼《まぶた》を閉じる。

自分でもなんとなく湿り気を感じてはいたけれど、それを言葉で指摘されると堪《たま》らなく恥ずかしい。

けれど尚樹は、容赦なく寿々花の足の付け根に指を滑り込ませてくる。

徐々に溢《あふ》れ出してくる愛蜜を指に絡め、寿々花の花弁に触れてきた。だが、緊張した寿々花のそこは、まだ固く閉じたままだ。

忍び込もうとする尚樹の指に、強い違和感を覚えてしまう。

「――っ！」

体を強張《こわば》らせる寿々花の反応に、尚樹がそこから指を抜き去る。

そのまま掴んでいた寿々花の両手首から手を離し、上半身を起こした。

不意に訪れた解放感に安堵したのも束の間、寿々花の両膝を押し開いた尚樹が体を屈《かが》めてくる。

「えっ、あっ……やだっ！」

なにをされるか気付いた寿々花は、慌てて尚樹の頭を押さえて距離を取ろうとするが、もとより力の差は歴然だ。抵抗も虚しく、尚樹の唇が寿々花の蜜口に触れた。

陰唇に沿うように舌を這《は》わされると、胸への愛撫《あいぶ》とは比べものにならない淫《みだ》らな熱が寿々花の奥から湧き上がってくる。

想像したこともない淫靡《いんび》な刺激に、激しく身を捩《よじ》らせながら尚樹の頭を押し返そうとした。

だが、尚樹が離れる気配はない。

それどころか、さらに強く顔を押し付け、蜜口をしゃぶってきた。

ピチャピチャと粘つく水音を立てながら、尚樹の舌が寿々花の蜜を啜《すす》る。

「あぁぁっ………あっ」

尚樹は寿々花の足を開かせたまま、内ももを腕で押さえつけ両手で腰を掴んだ。そうしながら秘所を覆《おお》う肉襞に舌を這《は》わせる。

驚いて背中を反《そ》らせたら余計に足が広がり、自分の恥ずかしい部分を尚樹に曝《さら》け出すことになってしまった。すかさず、突き出した舌で赤く熟した肉芽に触れられて、爪先まで痺《しび》れが走る。

電流を流されたような感覚に、寿々花は思わず体を激しく捩《よじ》った。

けれど、尚樹の手にしっかりと腰を抱えられているので、逃げることもできない。

「そんなところ……舌でっ」

「でも、感じるだろ？」

そう言って、彼は寿々花の返答を待つことなく、肉芽に舌を這《は》わせていく。

粘り気のある愛蜜と唾液を絡めるように舌を動かされると、クチュクチュと淫靡《いんび》な水音が静かな部屋に響きわたる。

「…………っ——はぁっ」

尚樹の舌が触れているのは秘所の入り口なのに、さらに奥深い場所が激しく収縮する。

痛いほど収縮している蜜洞は、より強い刺激を求めるように、溢《あふ》れ出る愛蜜の量を増やしていく。

「だいぶ、濡れてきたな」

尚樹の吐き出す息が、透明の蜜を滴《したた》らせる蜜壺に触れる。

それだけで寿々花の体に、甘い痺《しび》れが走った。

すっかり脱力している寿々花の秘所に、尚樹が再び顔を寄せてくる。

その気配に、寿々花の膣が期待で疼《うず》く。

もう既に苦しいほど感じているのに、今以上の刺激を本能的に求めているのかもしれない。

尚樹は愛蜜で卑猥《ひわい》に濡れた肉芽を口に含むと、じゅっと音を立てて強く吸った。

その瞬間、ビリビリした痺《しび》れが背筋を走る。

さらには赤く充血したそこを、執拗《しつよう》に舌で捏《こ》ね回されるから堪《たま》らない。

濃厚な快楽が、寿々花の全身を貫いていった。

「あぁぁぁぁっ…………、やぁっ……そんなに強く吸わないで…………」

寿々花は背中を仰《の》け反《ぞ》らせ、嬌声《きょうせい》を響かせた。硬く閉じた瞼《まぶた》の裏で、白い光がチカチカと瞬《またた》く。

尚樹の髪に指を絡ませ震える寿々花の踵《かかと》が、何度もシーツの上を滑る。

寿々花の淫核を満足するまで弄《もてあそ》んだ尚樹は、ヒクヒクと痙攣《けいれん》する寿々花の蜜口へ舌を伸ばした。

「あっ…………ヤダッ…………そこに、舌を入れないでっ」

拒絶しているはずなのに、口を衝《つ》いて出る声は甘く、まるで行為をねだっているようだ。

そして尚樹は全てを見透かすように、艶《なま》めかしく舌を動かしていく。

溢《あふ》れ出す愛蜜を啜《すす》り上げながら、尚樹の舌が寿々花の膣の中へ沈んでくる。ざらつく舌で媚肉《びにく》の襞を嬲《なぶ》られ、とめどない悦楽が寿々花の体を支配していく。

理解不能な快楽の渦《うず》に、意識が呑み込まれそうになる。

尚樹の舌で、下半身が蕩《とろ》けてしまったようだ。

「やぁぁっ……あぁぁぁぁっ…………はぁっっ！　くぅっ」

寿々花は苦しげに首を振りながら、喘《あえ》ぎ声を上げ続けた。

既に羞恥心《しゅうちしん》なんて感じている余裕はない。

尚樹から与えられる快楽に、ただただ身を委《ゆだ》ねていると、不意に体の奥から淫《みだ》らな熱が込み上げてきて、爪先から頭のてっぺんまで突き抜けていった。

「尚樹さん――っ！」

大きく背中を反《そ》らせた寿々花は、次の瞬間、腰をカクカクと震わせる。

「いった？」

足の間から顔を上げた尚樹が、腰を痙攣《けいれん》させる寿々花の様子を窺う。

「……………」

激しく呼吸を乱しながら、寿々花は朦朧《もうろう》とした頭で、この感覚がそういうことなのかと理解した。

「……じゃあ、そろそろいいか？」

その質問が意味することは、経験のない寿々花でもわかる。

漠然とした不安はあるけれど、本能的な部分で尚樹を求めていた。

「……はい」

寿々花が頷くと、尚樹は体を起こしてナイトテーブルから避妊具を取り出し装着する。

そして脱力した寿々花の上に覆《おお》い被さると、寿々花に体重をかけないよう注意しながら、右手で自分のものの角度を調節する。

尚樹の熱い昂《たかぶ》りが秘所に触れた瞬間、つい体が緊張してしまう。

そんな寿々花の額《ひたい》に口付けをして、尚樹が囁《ささや》く。

「怖がらなくていい」

「……っ」

怖がっているわけじゃない。自分の心は彼を求めているのだ。

それを伝えたくて、尚樹の背中に手を回し自分へと引き寄せる。

「ん、ん………はぁっ………ぁっ」

徐々に沈んでくる肉棒の感覚に、寿々花は尚樹の背中に回した手に力を込めた。だが、覚悟していたような痛みはない。尚樹の舌で十分に解された淫口は、ぐじゅぐじゅと絡み付くような水音を立てながら、尚樹のものを受け入れていく。

それでも、自分の中に他者の体の一部が入ってくる感覚は奇妙で、体全体がジンジンと疼《うず》き、尚樹の存在を強く意識してしまう。

「ああ……駄目っ！」

「駄目じゃない」

体の内側でジリジリと圧迫感を増していく尚樹に、寿々花が怯《おび》えた反応を示す。しかし尚樹は、さらに深くまで腰を沈めてきた。

ジクジクと疼《うず》くような刺激に身を任せていると、尚樹のものが寿々花の処女膜へと到達する。

「ごめん」

尚樹が寿々花の肩を押さえて、ゆっくりと腰を動かす。その途端、強い痛みが寿々花を襲った。

「あっ！　ああぁぁあっ……ぅっ！　尚樹さんっ」

自分の中でなにかが爆《は》ぜる感覚に、寿々花は尚樹の背中に回す手に強く力を込めた。

一気に深い場所まで侵入してきた肉棒が、ヒリヒリと引き攣《つ》ったような痛みを与えてくる。それでも、一度絶頂を味わった寿々花の体は、徐々にその痛みを快楽へと変換させていった。

体の奥深い場所で、尚樹の熱い昂《たかぶ》りがドクドクと脈を打っている。

その感触に、寿々花は深く息を吸い込んだ。

逞《たくま》しい尚樹の腕の中で彼の欲望を受け入れている。その事実に、体がうずうずしてしまう。

自分の全てを彼に支配されているような感覚が、何故か心地いい。

尚樹の存在をもっと感じたくて、寿々花は彼の背中に回した手に力を込める。

寿々花の気持ちに応《こた》えて、尚樹がゆっくりと腰を動かし始めた。

狭い膣壁を尚樹の肉棒が擦っていく。

「んんんっ……ぅっ……ぅっはぁっ……ぅっ」

痛みと快楽の混じり合った刺激に、寿々花は甘い吐息を零す。

尚樹の存在をもっと感じたい。

その思いのまま、寿々花は強く尚樹に抱きついた。

ゆっくりと抽送《ちゅうそう》を繰り返していた彼は、徐々に速度を上げていく。その動きに追い詰められるように、寿々花の息遣いも速くなる。

「あぁぁ…………はぁっ…………っくぅ」

熱く滾《たぎ》る尚樹の肉棒で深く浅く貫かれ、子宮の奥が痺《しび》れていく。

初めて味わう快楽に、寿々花は弱々しい声で喘《あえ》ぐ。

蜜壺からとめどなく愛液が溢《あふ》れ出し、抽送《ちゅうそう》が滑《なめ》らかになっていく。

尚樹は腰を動かす速度に変化をつけながら、次第に寿々花を追い詰めていった。

「あっあっあっ…………ぅ！　駄目、もう耐えられないっ！」

涙声にも似た嬌声《きょうせい》を上げ全身を震わせる寿々花に、尚樹は熱い息を漏らしつつ、腰の動きを加速させていく。

「寿々花っ」

愛おしげに名前を呼びながら、尚樹が激しく腰を打ち付ける。

その激しさが、寿々花を逃れようのない快楽の渦《うず》へと巻き込んでいった。

視界が白くぼやけていく。

「尚樹さんっ……」

彼から与えられる激しさを全身で受け止め、寿々花は愛しい人の名前を呼ぶ。

直後、一際激しく腰を打ち付けてきた尚樹が「クッ」と、熱い息を吐く。

次の瞬間、体の中で尚樹の昂《たかぶ》りが爆《は》ぜるのを感じた。

それと同時に寿々花も限界を迎え、背中を弓なりに反《そ》らせて絶頂に酔う。

「あぁ………っ」

夢見心地で吐息を漏らし、尚樹の腕の中で脱力する。

寿々花の中から自分のものを抜いた尚樹は、体の位置をずらし寿々花の隣に体を横たえた。

「愛してる」

そう言って、寿々花の頬に口付けた尚樹は強く彼女を抱きしめてくる。

腕の強さから、彼の思いが伝わってくるようだ。

「私もです」

愛しい思いを込めて、寿々花も尚樹を抱きしめ返した。

彼の腕に甘えながらぴたりと寄り添うと、彼の呼吸を全身で感じる。自分の呼吸をゆっくりそれに合わせるうちに、二人の境界が曖昧《あいまい》になっていくように感じた。

これまで別々の環境で生きてきた彼を、誰よりも身近に、離れがたい存在に感じる。

――彼と、この先もずっと離れたくない。

それは、祈りにも似た思いだった。

寿々花はそっと瞼《まぶた》を閉じて、誰よりも愛しい温もりに身を任せた。

5　王子様は呪いを解く

心地よい微睡《まどろ》みの中にいた寿々花は、カーテンの隙間から差し込む朝日に瞼《まぶた》を痙攣《けいれん》させた。

僅《わず》かに目を開けると、群青《ぐんじょう》色のシーツが視界に広がる。

「……？」

寝ぼけた頭で、何故いつもとシーツの色が違うのだろうと考える。

ぼんやりしたままシーツの上に腕を滑らせると、手触りも普段のシーツとは違うようだ。

「起きた？」

寝ぼけた思考でシーツを撫でていた寿々花は、背後から聞こえてきた声に肩を跳ねさせた。

状況を把握する前に、首の下に敷かれていた腕と腰に回されていた腕が動いて、優しく抱きしめられる。それにより、尚樹の体温を直《じか》に感じることになった。

一気に頭が覚醒し、ここがどこで、自分がどうしてここにいるのかを思い出す。

と同時に、一糸纏《まと》わぬ状態で抱き合う自分たちの状況と、下腹部に感じる鈍痛によって、昨日の記憶がはっきりと蘇《よみがえ》ってきた。

「おはよう」

そう言って、寿々花の後頭部に尚樹がキスをしてくる。

「お、おはようございます……」

こういう時、どういう反応を示せばいいのだろう。

布団の端を掴んだまま硬直する寿々花に、気遣うような声がかかる。

「体調はどう？　食欲は？」

尚樹の右手が、優しく寿々花の腹部を撫でてきた。

激しさを感じた昨夜とは違い、今日の抱擁《ほうよう》は優しさに満ち溢《あふ》れている。

「体は……変な感じです。食欲は、よくわからない」

寿々花は薄い掛け布団を鼻の上まで引き上げて、もそもそ答えた。

「そう。じきに慣れるよ」

それはこの居たたまれなさと、腹部の痛み、どちらのことを言っているのだろう。布団に顔を埋《うず》めながら悩んでいると、尚樹が再び寿々花の頭にキスをしてきた。

「そろそろ、顔を見せてくれると嬉しいんだけど」

「……恥ずかしいのでっ」

消え入りそうな声で返す寿々花に、尚樹が愛おしげに息を吐く。

「でも俺は、この先何度でも寿々花に恥ずかしいことをするよ。その度に、こうやって顔を隠されるのは困るんだが」

何度も……という言葉に、寿々花はさらに体を硬くする。

そんな寿々花の反応を尚樹が楽しんでいるのがわかるので、なんだかよけいに落ち着かない。

「……っ」

意を決して体の向きを変えると、愛おしさを溢《あふ》れさせる尚樹の視線を、まっすぐに受け止めることとなった。

「愛してる」

微笑んでそう囁《ささや》いた尚樹が、口付けをして強く抱きしめてくる。

ぎこちないながらも頷き返すと、何故か「ん？」と、問うような視線を向けられた。

それで仕方なく、寿々花もちゃんと言葉で自分の気持ちを告げる。

「私も愛しています」

「ああ」

満足げに頷いた尚樹は、もう一度寿々花を強く抱きしめると、腕を解いてベッドから下りる。

「先にシャワーを浴びてくる。寿々花が動けるようになったら、一緒に朝食を食べに行こう」

居たたまれなさを感じていたはずなのに、いざ離れると彼の体温が恋しくなる。

そんなことを思いながら視線を向けると、部屋を出ていこうとしていた尚樹がチラリと視線を向けてきた。

「寂しいなら、一緒にシャワーを浴びるか？」

「えっ、遠慮します」

「残念。じゃあ、それはまたの機会に」

そう言って、尚樹は意味深な笑みを残して部屋を出ていった。

◇　◇　◇

シャワーを浴びて身支度を整えた寿々花を、尚樹は自分がよく朝食を取るというカフェに連れて行ってくれた。

休日の午前八時。休みの日の朝としてはまだ早い方なのに、店はそれなりに賑《にぎ》わっている。

寿々花は向き合って朝食を取る尚樹に、申し訳なさそうな視線を向けた。

尚樹が普段使っている男性用化粧水を借り、持ち合わせのメイク道具で最低限の化粧はしたが、替えのコンタクトがなかったため眼鏡をかけている。

つい最近まで、化粧やお洒落《しゃれ》とは無縁の生活を送っていたのに、一度お洒落《しゃれ》に慣れてしまうと、気を抜いた姿で外に出るのが急に恥ずかしくなるから不思議だ。

「なんか、ごめんなさい」

「なにが？」

目の前の尚樹は、スタイリッシュでお洒落《しゃれ》な服をラフに着こなしている。自分が一緒にいては、彼に恥をかかせてしまうのではないかと心配になった。

「こんな感じだから……」

寿々花が気まずそうに眼鏡を弄《いじ》ると、尚樹が「似合っているよ」と、笑う。

「着飾った寿々花は確かに綺麗だけど、隙のある今の感じもいいな」

一瞬、からかわれているのかと思ったが、向けられる眼差しで嘘ではないとわかる。なんだか気恥ずかしくなって、寿々花は意味もなく店内を眺めた。

尚樹の行きつけというカフェは、普段、彼が寿々花を連れて行ってくれる店とはだいぶ雰囲気が違う。お洒落《しゃれ》だが気取ったところがなく、心地よい空気に満ちていた。

昨日連れて行ってもらったレストランもそうだが、尚樹のプライベートな空間に招き入れられた気がして嬉しくなる。

「お茶を飲み終わったら、寿々花を家まで送るから」

食事を終え、後は飲み物を残すだけといったタイミングで尚樹が言う。

「一人で帰れますっ！」

「恋人を家まで送るのは、男の権利だよ」

「義務」ではなく「権利」という言葉を使う尚樹に、寿々花は首を大きく横に振る。

「私を送ったりしたら尚樹さんに迷惑がかかります。門限を少し過ぎただけでも大騒ぎする家族なのに、初めての外泊なんて。尚樹さんの顔を見た父が、どんな過剰反応を示すかわかりません……」

真剣に彼の身を案じる寿々花に、尚樹は探るような視線を向けて聞いてくる。

「寿々花は、俺を家族に紹介するのは恥ずかしい？」

「まさかっ！　そういう問題ではなくて……」

そんなことあるわけないと目を丸くする寿々花は、すぐに柳眉《りゅうび》をひそめて説明しようとする。だが尚樹は「わかっていない」と、首を横に振った。

「いいか、これは君の初めての外泊で、最後の外泊じゃない。この先も寿々花との関係を続けていくためには、最初を間違えたくない」

寿々花との関係を続けていくからこそ、堂々と家まで送っていくのだと話す尚樹は、腕を伸ばしてテーブルの上の寿々花の手に、自分の手を重ねてくる。

そうして、どこか挑発的な視線を寿々花に向けた。

「逆に聞くが、寿々花は俺と付き合っていく覚悟はあるか？」

「覚悟……？」

「コソコソするのは性に合わない。俺は、多少会長とやり合っても、ちゃんと二人の関係を認めてもらうつもりだ。それができると信じてくれるか？」

やり合う……という言葉に一抹の不安を感じるが、それ以上に、芦田谷の名に臆することなく踏み込んでくる彼を頼もしく思う。

「信じます」

覚悟を決めた寿々花が微笑んで頷くと、尚樹も満足げに笑った。


店を出ると、少し遠回りして帰ろうと提案される。寿々花は尚樹と二人、川沿いの歩道を散策しながら歩いた。

並んで歩くと、当然のように尚樹が手を繋ごうとしてくる。だが寿々花は、恥ずかしくて逃げてしまった。

彼から少し距離を取って歩く寿々花を、尚樹はクスクス笑いながら追いかけてくる。

寿々花の後ろを歩く尚樹が「そこ右」「次を左」と言って、楽しそうに誘導してきた。

――なんだか、犬の散歩みたい。

次第に、見えないリードで繋がれた犬のような気分になってくる。自分の失敗に気付いた寿々花は、素直に尚樹と並んで歩こうと足を止めた。その時――

「尚樹さんっ」

誰かが尚樹の名前を呼ぶのが聞こえた。

寿々花が背後を振り向くと、同じく声のした方を向く尚樹の背中が見える。彼の腰に、「会えて嬉しいわ」と、女性の細い腕が絡み付く。

突然のことに驚いた寿々花だが、尚樹の腰に回された華やかなネイルに彩《いろど》られた女性の指先に、自然と眉根を寄せてしまう。

尚樹が女性の腕を、強引に引きはがす。

そうすることで見えた相手の姿に、寿々花がハッと息を呑んだ。

――三瀬さん……

二人がどういう知り合いかわからないが、朱音は鼻にかかった甘い声で尚樹へ話しかけている。

思いもしない繋がりに呆然として、言葉が出てこない。朱音の方も尚樹に夢中で寿々花に気が付いていないようだ。

「恋人と一緒にいるから、やめてくれないか」

迷惑さを隠さない尚樹の態度に、朱音が初めて周囲に目をやる。そして、寿々花に気付いて顔を引き攣《つ》らせた。

「芦田谷寿々花⁉　なんでアンタがここにいるのよっ！」

「知り合い？」

「高校まで、同じ学校でした」

そう説明しつつ、寿々花としては尚樹と朱音の繋がりの方が気になる。

視線でそれを察したのか、尚樹がなんでもないことのように言った。

「母が勤務する会社の、社長の娘さんだ。お互いの母親同士が古くからの知り合いで、路頭に迷いかけていた母の雇用を世話してくれた」

その言葉に、何故か朱音が勝ち誇った笑みを浮かべる。

まるで、だから自分は尚樹にとって特別な存在なのだ、とでも言いたそうな様子だ。

尚樹の母が路頭に迷うことになった原因は廣茂にある。

そのことに引け目を感じてしまい、寿々花が黙り込む。すると、朱音が意地の悪い視線を向けながら、眼鏡姿の寿々花を鼻先で笑ってきた。

「今日は随分、貴女らしい格好ね」

朱音にどんな印象を持たれても興味はないが、尚樹の前で嘲《あざけ》られるのはいい気分ではない。

眉をひそめる寿々花の腰を、尚樹が抱き寄せて言う。

「俺の部屋に泊まって、朝食を取りに出てきただけだから」

それだけ言えば十分だろうと、尚樹が朱音を見る。

だがそれが、朱音の怒りに火を付けたようだ。

「尚樹さんの恋人って、この子のことなの？」

突然ヒステリックな声を上げて、寿々花を睨《にら》みつける。

「貴女、本当にあざとい女ねっ！」

寿々花を詰《なじ》る朱音は、そのままの勢いで尚樹に向かって言った。

「尚樹さん、この子に騙《だま》されているわよ？　この子、家の力を使ってかなり強引な婚活をするような女なんだから！」

その言葉で思い出されるのは、昂也とのお見合いの件。

後にも先にも、婚活と言える行動はあれだけだ。もっともそのお見合いは、途中で昂也が別の相手——比奈と姿を消すという、なかなか残念な終わり方をしたが。

だが今となっては、それでよかったと思っている。

「どういうことだ？」

怪訝《けげん》な顔をする尚樹に、チラリと寿々花を窺いながら朱音は勝ち誇った様子で続ける。

「この子、最近までクニハラの御曹司を狙って、親に頼んで強引にお見合いまでしたのよ。しかも、転職までして。なのに國原さんは別の人と結婚したじゃない。その途端、すぐに相手を変えるような女なのよ……本当に節操がない」

露骨な侮蔑《ぶべつ》を含む彼女の声に、寿々花は再び眉をひそめる。

比奈の結婚式の二次会で、朱音が自分に「お気の毒様」と言った意味がわかった。

昴也と見合いしたのも、その後クニハラに転職したのも事実だ。

けれど朱音の言い方は、あまりにも一方的で悪意に満ちている。

あれは寿々花にとって、殻に閉じこもりきりだった自分の人生を一変させるほどの出来事だった。

なにも知らない人間に、大事な思い出を汚された気がして腹が立つ。

すると尚樹は、寿々花を自分に引き寄せながら、冷めた口調で言った。

「それは自分のこと？」

「はい？」

勝ち誇った笑みを浮かべていた朱音が、尚樹の冷ややかな視線に気付いて戸惑った顔をする。

「意味がわからないのならいい。話すだけ無駄だ」

「ちょっとっ」

不満げな声を上げる朱音を、尚樹は冷たく見据えた。

「君の両親には感謝している。だがそれを理由に、恋人との時間を邪魔されるのは迷惑だ」

そう言うなり、尚樹は寿々花の腰に手を回したまま歩き出す。

「あの……」

寿々花は尚樹と朱音の顔を見比べつつ、心配して声をかける。

そんな寿々花に、尚樹はこれでいいのだと言いたげに笑う。

「昔は、俺になんて興味すら持たなかったのに、ＳＡＮＧＩが急成長した途端、やたらと絡んでくるから迷惑しているんだ」

素っ気なく言った尚樹は、寿々花の腰に回していた手で華奢《きゃしゃ》な彼女の手を握る。

「母が世話になってるから最低限の礼儀は払うが、寿々花を貶《おとし》める人間に優しくする義理はない」

そのまま彼は寿々花の手を引いて歩いた。

◇　◇　◇

「見合いは、本当だったんだ」

寿々花を家へと送る道すがら、彼女から朱音の発言のあらましを聞いた尚樹は、嫌そうにため息を吐いた。

「はい」

助手席に座る寿々花が申し訳なさそうにしているが、別に怒っているわけではない。

朱音のことだ、作り話か思い込みだろうと思っていたが、一部事実が含まれていたらしい。しかも、一番不愉快な部分が事実だったとは。

もっとも、見合いは自分と出会うずっと前の話だし、友人の昴也が女性に人気があるのは今に始まったことではないので、怒るようなことじゃない。

それに昴也は、既に別の女性と結婚している。全ては過去のことだ。

――わかっているんだけどな……

「……っ」

自分の中から湧き上がってくる嫉妬《しっと》に、我ながらどうかしていると苦く笑う。

過去への嫉妬《しっと》ほど不毛なものはないし、何事にもこだわらずに生きた方が楽だと割り切ってきたはずなのに……

あれほど無駄だと思っていた執着心で、どんどんがんじがらめになっていくようだ。

こと寿々花に関しては、全てが気になって仕方がない。

今だって、芦田谷会長と一戦交える覚悟で彼女の家に向かっている。少し前の自分なら、考えられない行動だ。

だが、そんならしくない自分が、不思議と楽しい。

自分の感情の変化に、一人で笑ってしまう尚樹は、寿々花の案内に従い車を進める。やがて車は、高級住宅街として名の知れた地域の、さらに一等地へ辿《たど》り着いた。

切れ目なく続く塀に沿ってしばらく車を走らせて門の前で車を停めると、寿々花がリモコンで門を解錠する。

——なんというか……

長いスロープを車で進みながら、今さらながらに芦田谷家のすごさを思い知った。

自分もそれなりに裕福な家で育ったつもりでいたが、これを見れば、嫌でも格の違いを感じる。

こんな家の一人娘に生まれたのなら、勤勉に働く必要などなかっただろうに。

普通に会社に勤め、自立しようとする寿々花の堅実さに敬意を払いたくなる。

そんなことを考えながらスロープを上り切り、ホテルと見紛うエントランスで車を停めると、すぐに玄関扉が開き男性が姿を現した。

芦田谷廣茂その人だ。

「鷹尾尚樹君。娘を送っていただき感謝する」

笑顔で出迎える芦田谷会長だが、目に怒りの炎を滾《たぎ》らせている。

当然のように尚樹の名前を口にする芦田谷会長に、一瞬驚いた表情を浮かべた寿々花が、すぐになんとも言えない顔でこちらを見上げてきた。

これまでも、遠目に姿を見たことは何度もあった。その時でさえ彼の貫禄とただならぬ気迫を感じたが、この距離で対峙すると予想以上の威圧感がある。

今日は、愛娘を朝帰りさせた尚樹への怒りも加わって、溢《あふ》れ出す気迫は相当なものだ。

しかも芦田谷会長の背後には、阿形吽形《あぎょううんぎょう》の仁王像のように、体格のいい二人の男性が腕を組んでこちらを睨《にら》んでいる。

一人は、学生時代ラグビーをしてました、とでも言いそうな体格で、会長譲りの我《が》の強そうな顔をしている。もう一人は、ラガーマンばりの彼に比べると細身で顔の造りが寿々花とよく似ていた。

確認するまでもなく、寿々花の兄たちだろう。

そんな三人と対峙しながら、尚樹は今にも泣きそうな寿々花の表情に居たたまれなさを覚える。

芦田谷会長は、そんな娘の表情を気にすることなく、さらなる牽制《けんせい》球を投げ付けてきた。

「小さいとはいえ、自身で会社を経営しているのであれば、なにかと忙しいだろうに」

――一晩のうちに、どこまで調べたのだか。

寿々花はもとより、昴也やその妻が進んで尚樹の名前を教えたとは思えない。

つまり、会長が本気で情報を集めようと思えば、自分の素性など一晩で容易に調べられるということなのだろう。

――その大きな権力が、娘を孤独にしてしまうことに何故気付かない。

尚樹は眉根を寄せ、持てる権力は振りかざせばいいというものじゃないと牽制《けんせい》し返す。

「天網《てんもう》恢々《かいかい》疎《そ》にして漏らさず。さすが芦田谷会長、神をも超える眼力の持ち主であると同時に、神のごとく時間を持て余しておられるご様子で」

権力と暇の無駄遣いしてんじゃない――そんな尚樹の言葉に、芦田谷会長がこめかみを引き攣《つ》らせ、奥歯を強く噛みしめる。

「まあ、立ち話もなんだから、お茶でも飲んでいきなさい」

「お父様っ！」

尚樹を屋敷へ招こうとする会長を、寿々花が止める。

しかし尚樹は、寿々花の肩に手を置き、「では、お言葉に甘えて」と、強気な笑みを浮かべた。

芦田谷家の玄関ホールは、調度品だけでなく柱の装飾にまで贅《ぜい》を凝《こ》らしている。尚樹は玄関ホールと広間を抜けた先にある個室へ案内された。

――一階はパーティーや商談のためのスペースで、生活空間は二階からか？

ダンスパーティーが開催できそうなくらい広くて豪華な広間を通りながら、そんなことを推測していると、先頭を歩いていた会長が個室のドアを開けた。

華やかではあるが生活感のない玄関ホールと広間に比べ、質素で落ち着きのある部屋には、純白のクロスがかけられた長方形のテーブルと椅子が置かれている。

一脚対三脚という椅子の配置からして、尚樹をこの部屋に招くことは、芦田谷会長の中で決定事項だったようだ。

最初尚樹に付いてこようとした寿々花は、会長に「まずは着替えてこい」と、半ば強引に二階へ追いやられていた。

「この男とは俺が話しますから、兄さんと父さんはまずは寿々花の様子を……」

そう口火を切ったのは、寿々花と顔立ちが似た男だ。

そこから察するに、こちらが次男ということだろう。

冷めた視線をこちらに向けてくるが、表情の端々に寿々花と同じ人の好さが窺える。

おそらく彼は、芦田谷会長には自分が厳しく脅したと嘘をつき、大人の対応で尚樹を帰すつもりなのだろう。寿々花に似た雰囲気を持つ次男を、自分の事情に巻き込むのは申し訳ない。

——俺はよっぽど、彼女にやられているらしい。

そっと苦笑いして、尚樹は首を横に振った。

「いえ。俺は芦田谷会長と喧嘩しにきたので」

話し合いではなく、喧嘩と言ってのける尚樹に、部屋の空気が凍り付く。

この程度のことで怯《ひる》んでいては、そもそも話にならない。尚樹は憤怒《ふんぬ》の形相《ぎょうそう》で自分を睨《にら》みつける芦田谷会長に強気の笑みを返した。

「その覚悟がなければ、寿々花さんを家まで送らないでしょう」

だが、そこまで感情を煽《あお》っておいて「ただし、喧嘩は二人でしましょう」と付け足す。

「よかろう」

受けて立つと言わんばかりに大きく頷き、芦田谷会長は顎《あご》で二人の息子に退室を促《うなが》した。

二人の兄は、どちらも不満げな様子だ。

一人は、目の前で獲物《えもの》を取り上げられて不満でいっぱいのネコ科の獣、もう一方は、せっかく見つけた救助者を助けられず焦燥《しょうそう》感に駆られる救助犬といった感じだった。

正反対の表情を見せる兄弟だが、家長の指示には逆らわないという点では一致しているらしく、素直に部屋から出て行った。

「さてっ」

扉が閉まると、早々に廣茂が席に着き、敵意に満ちた眼差しを向けてくる。

飄々《ひょうひょう》とした態度で肩をすくめた尚樹は、向かいの席の椅子を引き、視線で着席の許可を取った。

露骨に顔を顰《しか》めつつも廣茂が頷くと、尚樹は遠慮なく椅子に腰掛けた。

「まさか、このワシに喧嘩を売ってくるとはな。ＳＡＮＧＩの社長は誰を敵に回したか理解しておるのかな？」

短い沈黙の後、廣茂が口角を持ち上げて話し出す。

怒りを漲《みなぎ》らせる顔は、笑っているようにも見えた。そんな廣茂の表情に臆することなく、尚樹は軽く首を振り、落ち着いた口調で返す。

「いえ、全然」

「ふざけるなっ！」

昂《たかぶ》った感情のままに、廣茂がテーブルを拳《こぶし》で叩いた。

「俺はただ、交際している女性を自宅に送り届けただけです。敵も味方もないですよ。会長だって、それがわかっているから、彼女が自分の意志で戻ってくるのを待っていたんじゃないんですか？」

廣茂の威嚇《いかく》にも平然としている尚樹に、廣茂が苦虫を噛み潰したような顔をする。

「会社を潰されたいのか？」

「これだけのことに社運をかけろと？　公私混同というより、妄言としか思えませんね？」

「なんだとっ！」

挑発的な尚樹の言葉に、廣茂が目を細めて眉を吊り上げる。

さすが、「百戦錬磨《ひゃくせんれんま》のエネルギー業界の狂犬、とまで呼ばれる御仁《ごじん》。その気迫はなかなかのものだ。

だが尚樹は、その気迫に呑まれることなく持論を述べた。

「成人した娘が外泊しただけで、相手の男の会社を潰す。そんな戯言《ざれごと》、誰が本気にします？　もし本気で言っているのであれば、妄言でしかないでしょう？」

「ワシにそれだけの力がないとでも？」

物怖《ものお》じしない物言いに対し、怒りを露《あら》わにする廣茂へ、尚樹は静かに首を横に振る。

「まさか。逆ですよ。あけぼのエネルギーを敵に回せば、ウチの会社などひとたまりもない。それほど、貴方の力は偉大です」

「親を見て学んだか？」

——ほんとに、一晩でどこまで調べたんだか……

意地悪く笑う廣茂に、ため息を吐く。

「これは、父親の件に対する復讐か？」

厳しく問う廣茂の眼差しは、さっきまでとは違い静かだ。だからこその恐ろしさを感じる。

冷静に相手を見極め、その言葉に嘘があれば、迷わず相手を潰しにかかる静かな気迫だ。

もしここで尚樹がイエスと答えれば、本気でＳＡＮＧＩを潰しにかかるだろう。

「お前の父親は、大風呂敷を広げるだけ広げて、できもしない仕事を大量に引き受けた。そうしておいて、土壇場《どたんば》で人も運搬経路も確保できないとほざき、ウチの仕事を投げ出しおった。結果、どれだけの損害を出したと思う？」

あの時の自分の怒りは、正当なものだと、廣茂が苦いものを吐き捨てるように言う。尚樹の素性を調べていく上で、父とのトラブルについても思い出したのだろう。

その言葉に尚樹は頷いた。

父のことを思い返せば、容易に想像できることだった。

人一倍虚栄心が強く、人に頭を下げるのが嫌いな父のことだ。大きな仕事が欲しくて口八丁《くちはっちょう》で仕事を引き受けたはいいが、上手《うま》く采配できず破綻《はたん》させたのだろう。しかも父の性格から、ギリギリまでなんの問題もないと鷹揚《おうよう》に振る舞っていたに違いない。

そして、どうにも立ちゆかなくなってから、全てを放棄して逃げ出したのだ。

母や尚樹をあっさり捨てたように、誰にどれだけ迷惑をかけるか考えることなく。

「その件に関しては、父に代わってお詫び申し上げます」

間違っても、自分は父のような経営者にはならない。だが、いくらそう誓っても、周囲はそう思ってくれないのだ。

尚樹は苦い顔で、父の失踪後、周囲に浴びせられた罵声《ばせい》の数々を思い出す。そんな尚樹に、それは違うと、廣茂が言った。

「その損失は、奴が自分の人生で支払った」

「父のその後をご存じで？」

廣茂の口調は、どこか確信めいている。まさか尚樹さえ知らない、父のその後を知っているのだろうか。

だが、廣茂は首を横に振った。

「誰の人生の責任も背負うことなく逃げ出す男と、そんな男に付いて行った女。そのどちらも、利口で情の厚い人間とは思えん。そんな二人の末路など、調べずとも知れておる」

「……」

真理をついた廣茂の言葉に、尚樹は声なく笑う。

冷たい息子と思われるかもしれないが、そのとおりだと思った。

息子として愛することも、後継者として期待することもなく、あっさり自分を捨てて行った父。それを恨むこともなく、冷静に自分の人生から切り離して考えられるのは、そんな無責任な生き方をする人間が幸せになれるはずがないと確信しているからだ。

「俺も会長と同意見です。あんな男のために、誰が復讐などします？」

「……」

鋭い視線を向けつつ、廣茂は自分の顎《あご》をさする。尚樹の言葉に嘘がないか、見定めているようだ。

廣茂の目を真っ向から見返し、尚樹は言葉を続ける。

「父の件から学ばなくても、経営者としての貴方が偉大であることは、十分承知しています。貴方にとってみれば、俺の会社など取るに足らない存在であることも」

尚樹の殊勝《しゅしょう》な態度に、満足げに頷いていた廣茂に「ただし……」と、言葉を続ける。

「ウチが扱っているのはシステムです。一度売り払えば終わりではなく、その後のメンテナンスも商品となります」

「なにが言いたい？」

怪訝《けげん》そうな顔をする廣茂に、淡々と説明した。

「システムは植物の成長に似ています。一度でも使用すれば、植物が根を張って成長していくように、システムもネットワークという根を張り成長していきます。そして一度根付いたものを完全に枯らすことは至難の業《わざ》だ。ウチのシステムは、私怨《しえん》で潰すには厄介な規模にまで、既に根付いていますよ」

芦田谷廣茂は、財界人なら誰もが認める暴君だ。

しかし、ただ傲慢《ごうまん》なだけの暴君とは思わない。

持って生まれた性格や日々の言動がどうであれ、これだけの大企業のトップなのだ。時代の潮目《しおめ》を見誤らない優れた商才を持っているのは確かだろう。

そうでなくては、長年にわたりエネルギー業界のトップとして海外メジャーと対等に渡り合ってこられるわけがない。そんな彼が、私怨《しえん》で尚樹の会社を潰すことが、どれだけバカげたことか理解していないはずがないのだ。

尚樹を厳しい目つきで睨《にら》みつけていた廣茂は、しばらくして面白くなさそうに鼻を鳴らした。

「ワシの後に、禍根《かこん》を残すわけにはいかんからな……」

不機嫌な顔をする廣茂が漏らした思いがけない本音に、尚樹は軽く目を見開く。

廣茂の言動が最近軟化傾向にあるのは、跡を継ぐ息子のために少しでも負の遺産を減らしたいという意図があるのかもしれない。

つまり彼は、自分の引き際を既に考え始めているということだ。

次代のことを考えて自《みずか》らの感情を抑えられる廣茂に、一経営者として敬意を抱《いだ》いた。

そこで尚樹は、自分が話したかった本題へと話題を向ける。

「企業のトップとは、欲深い生き物です」

当然、自分も、としたたかな表情で付け足すと、廣茂が同族扱いするなと不満げな顔をする。

それでも尚樹の話を遮《さえぎ》らず耳を傾けているのは、意見自体を否定する気はないということだろう。

「俺は、自分の人生に満足したことがありません。家が裕福だった時から、いつも、ここじゃないどこかを求めている気がします。俺はずっと、精神的に飢餓状態にあるんですよ」

「ほう」

尚樹の言葉に、廣茂が初めて小さく頷く。

「その飢餓感を埋めたくて、今も足掻《あが》いています」

起業してみれば、同業他社に負けるものかと躍起になるし、簡単に揺らぐことのない企業価値を構築してみせようと思う。

会社が成長し従業員が増えれば、働いてくれている彼らをもっと稼《かせ》がせてやりたいという欲が生まれる。その欲が、会社をさらに成長させる原動力となってここまできた。

どこまでいっても満たされない、嫌になるほど貪欲で浅ましい人生だ。

そんなことを話しながら、尚樹はふと表情を緩めて視線で廣茂に問いかける。

貴方も同じ種類の生き物でしょう……と。

「経営者の業《ごう》というものだな。会社の規模が大きくなり、高みに登れば登るほど、その飢えは増していくぞ」

廣茂がそう嘯《うそぶ》くと、尚樹も承知していると頷き返す。

気性が激しいことで知られる廣茂なら、その飢餓感に突き動かされ、逆鱗《げきりん》に触れた者をとことん追い詰めたこともあるだろう。

そんな推測をしつつ、尚樹は静かな口調で言い置く。

「貴方は、ご自身の過去に怯《おび》えている」

怯《おび》える——およそ自分に似つかわしくない言葉を投げかけられ、廣茂は顔を紅潮させカッと目を見開いた。だが尚樹は、どこか確信に満ちた表情で続ける。

「貴方は、飢えて荒ぶる感情に任せて、強引にビジネスを拡大してきた自覚がある。だからこそ、家族にその余波が及ぶことを恐れていらっしゃる」

「ワシの家族になにかする輩《やから》には、地獄を見せてやるだけだ」

廣茂はそう言い捨てるが、思うところがあるのだろう。尚樹は、彼がテーブルに載せていた手で拳《こぶし》を作ったのを見逃さなかった。

ここぞとばかりに、尚樹は切り込む。

「でも本当は、逆恨みで家族に危害が及ぶことより、家族が自分に愛想を尽かして離れていくのが怖いんじゃないですか？」

遠慮のない尚樹の言葉に廣茂の眉が跳ね上がるが、先ほどまでのように声を荒らげることはない。それどころか、視線で尚樹に先を続けろと合図してくる。

「寿々花さんが会長の事業やその取り巻きから距離を取っていることは、もちろん気付いているでしょう。貴方は、数学に没頭し周囲との関係が希薄になっていく娘さんを心配すると同時に、どこかで安堵していたんじゃないですか？」

「……」

「寿々花さんが一般社会と隔絶された世界で生きていれば、自分の人に恨まれる醜《みにく》い面を知られる可能性は低くなる。彼女の前では娘を溺愛《できあい》する過保護な父でいられると、そう安心していたのかもしれませんが、それは親のエゴにすぎません」

「なにっ！」

廣茂が怒りの表情を浮かべた。でも尚樹は、静かに言葉を続ける。

「彼女は、貴方の醜《みにく》い面を承知していますよ。知っていて、あえて知らないフリをしている。それがきっと、彼女なりの親への愛情表現なのでしょう」

「……っ」

尚樹の言葉に、廣茂の輪郭がぶれる。

「寿々花さんは豪華な暮らしも、貴方の取り巻きに媚《こ》びへつらわれる環境も望んでいません。贅沢《ぜいたく》を好まず、きちんと職に就いている彼女は、無理してここで暮らす必要はないんです」

敬意を抱《いだ》く相手を諭《さと》すように、尚樹は穏やかな口調で話を締めくくった。

「彼女は会長の娘です。自分の居場所を選ぶ意志の強さも、いざという時の行動力も持っています。過保護なまでに行動を制限し、守らなければいけないほど弱くはありません」

――そして親譲りのカリスマ性があるのか、人を惹きつける魅力にも溢《あふ》れている。

さすがにそれを口にはしないが、寿々花の顔を思い出すと自然と心が温かくなった。

「結局、お前はなにが言いたい？」

不機嫌さを隠さない廣茂に、尚樹が小さく笑った。

「彼女が未だ家に留まり続けているのは、貴方を含め、家族を愛しているからでしょう。俺は、それを承知で娘さんを愛しています。会長と喧嘩をしに来るくらいにね。今日は、それだけ理解していただければ結構です」

尚樹とて、これがどれほど怖いもの知らずな行動かはわかっている。牽制《けんせい》したところで、廣茂が本気になれば、SANGIなどひとたまりもない。

それでも諦められないくらい、彼女のことを愛しているのだ。

「……」

「話は以上ですので、これで失礼します」

「ワシの許可なく席を立つ奴はおらんぞ」

尚樹が席を立つと、廣茂が文句を言う。それに苦笑しつつ、尚樹は涼しい顔で言い返した。

「会長の顔色ばかり窺うような男に、大事な娘さんを任せたりしないでしょう」

「～～っ！」

唇を震わせて怒鳴りつける言葉を探していた廣茂だが、逡巡《しゅんじゅん》した末にぽつりと零す。

「お前が抱える飢餓感だが、それが満たされるのは、自分が大事に思う者を守れた時だけだ。そういう時だけは、自分のしてきた結果に心から満足できる」

だから、寿々花を愛しているというのであれば、とことん大事にしろということなのだろう。

廣茂は尚樹の返答を必要とせず、犬を追い払うように手を動かした。

尚樹は廣茂に深く一礼して、ドアへと向かった。

◇　◇　◇

着替えを済ませた寿々花は、屋敷の螺旋《らせん》階段を足早に下りていく。

廣茂に逆らって機嫌を損ねるのは尚樹のためによくないと判断し、言われるまま着替えに向かったが、あの場に彼を一人で残して本当に良かったのだろうか。

考えれば考えるほど不安になって、普段の寿々花ならあり得ない駆け足で広間に入る。

そこには、外のテラス席で煙草をくゆらせる猛と、そのかたわらに立つ剛志の姿があった。

「お兄様……」

二人の兄がここにいるということは……

寿々花は広間の奥にある仕事用の応接室へ視線を向け、そのまま駆け出そうとした。しかし、寿々花を呼び止める声がする。

声の方へ視線を向けると、剛志が手招きをしていた。

少し迷って、仕方なく寿々花はそちらへ行く。猛が手にしていた煙草を揉み消した。

「彼は？」

「親父と二人で話してる。あの男、親父に喧嘩をふっかけやがった」

肺に残っていた煙を吐き出すついでといった感じで猛が言う。

「喧嘩って……」

思わず剛志の方に非難がましい視線を向けてしまう。

「彼が希望したことだ」

剛志の言葉に、寿々花は眉間を押さえた。

怖いもの知らずの尚樹なら、言い出しかねない。

なにを考えているのだか……眉間を押さえる寿々花がチラリと視線を向けると、猛が不満げに息を吐く。どちらかといえば父親譲りの性格をしている猛がそんな表情を見せるということは、尚樹を打ち負かし損ねたということだろう。

猛には申し訳ないが、不満げな兄の顔にほっと安堵を覚える。

「彼は、俺よりも兄さんや父さんに似ているかもな」

何気ない口調でそう呟いたのは剛志だ。その言葉に猛がカッと目を見開くが、剛志は薄く笑う。

「まあ、娘は父親に似た人を……」

選ぶ。好きになる。どちらにせよ猛や廣茂が聞いたら激昂《げっこう》しそうな言葉を、剛志が口にするより早く、広間の方から声が聞こえてきた。

「家族会議？」

その言葉に、三人揃って反応する。

「尚樹さん！」

こちらへ歩み寄ってくる尚樹に駆け寄った。

「大丈夫ですか？」

尚樹のあちらこちらに視線を走らせる寿々花に、尚樹が可笑《おか》しそうに笑う。

「なにが？」

「なにって……」

尚樹は朝帰りをした寿々花を送ってきたのだ。あの廣茂がただで済ますはずがない。だからこそ心配しているのに、彼はいたって涼しげな様子だ。

なにがなにやらと戸惑っていたら、尚樹が自然な動きで寿々花の右手を持ち上げる。

「玄関まで送ってよ」

「このまま帰る気か？」

自然な様子で寿々花に話しかける尚樹に、猛が荒い口調で言う。

尚樹は飄々《ひょうひょう》とした様子で微笑む。

「急ぐ用があるわけではないので、お茶でも飲んでいきましょうか？」

「誰がお前と……」

グッと太い眉を寄せた猛に、尚樹は一礼して寿々花の手を引く。

尚樹に手を引かれテラスから室内に戻ると、少し離れた場所にたたずみ、こちらへと視線を向ける廣茂に気が付いた。

尚樹に暴言を吐くのではないかと身構える寿々花を、廣茂は無言で見つめる。

そしてしばしの沈黙の後で問いかけてきた。

「出ていくのか？」

出かける、とは微妙にニュアンスの違う言葉に違和感を覚えつつ首を横に振った。

「彼を玄関まで送るだけです」

寿々花の言葉に、廣茂は「そうか」と、安堵したように言って広間を通過していった。そのあっさりした態度に驚いてしまう。

「どういうこと？」

廣茂になにか言われるのではないかと身構えていただけに拍子《ひょうし》抜けする。困惑した面持《おもも》ちで首をかしげる寿々花に尚樹が囁《ささや》く。

「お姫様にかけられた呪いを解くのは、王子様の役目だから」

「……」

恥ずかしげもなくキザな台詞《せりふ》を吐く尚樹を驚いて見上げる。自然に顔を寄せてきた彼は、一瞬兄たちの方に視線を向けて声のトーンを落とした。

「ご褒美《ほうび》は、お姫様のキスでいいよ」

「えっ……」

こういう時、どう反応すればいいかわからない。

「ここでって、意味じゃないが」

困った顔をする寿々花をクスリと笑って、尚樹は姿勢を戻した。そして、彼女の疑問に答える。

「君のためになんでもする男が、家族以外にもいる。それをお父上に伝えただけだ」

そう言って、空いている方の手で寿々花の背中を優しく撫でる。

尚樹の手の動きに合わせて、肺に爽《さわ》やかな空気が流れ込んでくるような気がした。

ふと気持ちのいい風を頬に感じてテラス席の方を見ると、暖かな日溜まりでこちらを見守る兄たちの姿が見えた。

少し離れたところから見た兄たちは、普段寿々花の世話を焼いている過保護な兄たちとは違った印象を受ける。それを不思議に思っていると、隣の尚樹に声をかけられる。

ハッと視線を戻すと、尚樹が「行こう」と、寿々花を促《うなが》してきた。

彼と並んで歩く寿々花の脳裏に、以前、涼子と交わした言葉が蘇《よみがえ》ってくる。

——面倒な家族という棘《いばら》の塔に閉じ込められたお姫様を、王子様が救い出す……

そして涼子は、こうも言っていた。「恋は運命なの。もし運命の人に出会ったら、否応《いやおう》なく恋に落ちるし、親がどうのなんて言っていられなくなるわ」と。

「んっ？」

黙り込んだ寿々花に、尚樹が視線を向けてくる。

優しい眼差しを向けてくる尚樹の手を、寿々花は強く握り返した。

「私が数学を好きなのは、嘘や偽りがなく、きちんと問いかければ、必ず正しい答えに導いてくれる優しさがあるからです」

唐突な言葉に尚樹が一瞬面食らったような顔をするが、寿々花は気にせず続ける。

「数学は水の流れに似ているんです。一つの形や概念に囚《とら》われることなく、正しい方向に進んでいきます。正しい答えは必ず用意されているので、問いかけるこちら側は、数字の示すサインを見落とさなければ、必ず最も正しく美しい形に辿《たど》り着けるはずなんです。その純粋で迷いのない正しさに、魅了されているんです」

「なるほど。俺は、そんなふうに数学と対峙できる堅実さを持った寿々花を愛しているよ」

若干の戸惑いを含みつつも、尚樹が甘い言葉を囁《ささや》く。

そんな彼に、寿々花は素直な自分の思いを伝える。

「尚樹さんは、数学と同じように私を魅了していきます。貴方はいつも決まった概念に縛られることなく、どんどん自分が正しいと思う方へと突き進んでいきます。その迷いのない強さが美しくて、私は貴方に引き寄せられていくんです」

――だから、この手を離してはいけないと思う。

その思いを伝えたくて、寿々花は強く彼の手を握る。

「ありがとう」

尚樹が誇らしげに微笑む。

そんな尚樹が愛しくて、寿々花はつい言葉を付け足してしまった。

「友人に、私は棘《いばら》の塔に暮らしているみたいだと言われたことがあります。貴方は、そんな私を棘《いばら》の塔から救い出してくれた、かっこいい王子様ですよ」

寿々花の言葉に、尚樹がわかりやすくにやついた。

その素直さも魅力的だ。

「会長の言葉の意味がわかったよ」

不意に尚樹が眩《まぶ》しそうに目を細める。

「……？」

不思議そうな顔をする寿々花に、尚樹がそっと囁《ささや》く。

「君も、俺を救ってくれたんだよ」

尚樹は大切なものを守るように、繋いでいた手にもう一方の手を重ねて、両手で寿々花の手を包み込む。

その温もりが、寿々花を堪《たま》らなく幸せな気持ちにさせる。

――人を好きになることを諦めなくてよかった。

彼のことを思うと、それだけで心が温かくなる。そんな自分をくすぐったく思いながら、寿々花は尚樹を見送るべく玄関へ向かった。

6　答えのない問題

金曜日の昼休み。休憩室でスマホの画面を確認していた寿々花は、そっと微笑む。

今日は仕事帰りに尚樹と食事をし、そのまま彼の家に泊まる約束をしている。

恋人の家に泊まるなど、以前の廣茂なら激昂《げっこう》しそうだが、どういうわけか尚樹との関係を黙認してくれている。あの日彼と話し合ったことで、廣茂なりに娘の恋愛について思うところがあったのかもしれない。

ただ、恋人として尚樹を認めているかといえば、そうでもないらしい。

寿々花が家で尚樹の名前を出したり、スマホで彼とやり取りしているのを見るだけで、盛大に顔を顰《しか》めている。

なんにせよ、尚樹と出会い、今の寿々花は公私共にとても充実した日々を送っていた。

「お昼それだけ？」

頭から降ってきた声に顔を上げると、よく来るお弁当の移動販売店の袋を下げた上司の江口と先輩の松岡がいた。

「これからまだまだ暑い日が続くってのに、今からその調子だと夏バテするぞ」

寿々花の前に置かれたサラダと小さなパンを見て、江口が心配そうに声をかけながら向かいの席に腰掛ける。それに倣《なら》い松岡も座る。

七月の中頃までは気温も低く、比較的過ごしやすい日が続いていたが、七月の終わりから急に気温が上昇し、八月に入ってからは猛暑と言っても過言ではない日が続いていた。

「いつもはもっと食べてますよ。今日は夜に予定があるので、控え目にしてるだけです」

そう言って、寿々花はスマホの画面を消して微笑んだ。消した画面には、今日の約束を確認する尚樹とのやり取りが表示されていた。

そんな寿々花の表情に眉をひそめた松岡が、袋からお弁当を取り出しつつ棘《とげ》のある声で言う。

「鷹尾社長、俺は好きになれないですね」

スマホのやり取りを見られたのかとドキッとするが、松岡の視線は江口の方を向いている。

昂也が上層部を粘り強く説得した結果、ＳＡＮＧＩとの業務提携が決定した。

しかし未だ社内には、社運をかけた一大プロジェクトの重要部分を他社の技術に頼ることに難色を示す意見も燻《くすぶ》っている。

そうした社員の理解を得るために、尚樹も数回クニハラを訪問し説明の場を設《もう》けていた。だが、そうした話し合いを重ねるごとに、松岡はより反発心を募らせている印象だ。

――尚樹さんに会えば、理解してくれると思ったのに……

思いがけない誤算に、寿々花はそっとため息を吐く。

技術向上に繋がるのならそれでよし、というスタンスを取る江口と違い、松岡には捨てられないこだわりがあるのだろう。

「専務と鷹尾社長は学生時代の友達みたいだから、その縁を利用して強引に業務提携を取り付けようとしているんですよ」

自分の意見に賛同してくれる気配のない江口の態度に、松岡が不満を漏らした。

だけどその意見には、さすがに寿々花も黙っていられない。

「國原専務は、私情に流されて、大事な判断をするような人ではありません」

そして尚樹も、そんな仕事の仕方をする人ではない。

江口も頷きでそれを肯定し、松岡がグッと唇を噛んだ。

束の間、重い沈黙が辺りに満ちる。その沈黙に耐えかねたように、松岡が立ち上がった。

「飲み物、買ってきます」

そう言いながら袋に戻した弁当を持って、松岡は席を離れていく。

どうやら戻るつもりはないらしい。

「困ったもんだ」

松岡の背中を見送った江口は、ため息を吐いて肩をすくめる。

「仕事にプライドと情熱を持っているのは確かなんだ」

松岡を擁護する江口の言葉に、寿々花は「わかっています」と、目を伏せた。

途中参加の寿々花と違い、松岡は入社以来ずっと自動運転システムの開発に携わってきたのだ。

それだけに、納得できないことも多いのだろう。おまけに、今後のプロジェクトの陣頭指揮を任されたのは、松岡ではなく寿々花なのだから、余計に思うところがあるはずだ。

江口が微かに首を横に動かす。

「俺たちのような、データで情報を割り切れる仕事でも、情は大事だと思う。だが、それで仕事を選ぶというのは、認めてやれんよ」

散々研鑽《けんさん》を重ねた結果、上層部は自社のみでの開発を断念したのだ。

組織で働く以上、松岡もその意見を受け入れるべきだし、それができないのであれば、プロジェクトから外れるしかない。

仕方がないと、諦めたように話す江口だが、ずっと自分の下で働いてきた松岡の努力を高く評価しているだけに、このまま一緒に働きたい気持ちもあるのだろう。

「もう少し冷静になれば、松岡さんも、どの選択が一番会社のためになるかわかるはずです」

最近の彼は少し変だが、寿々花も研究者としての松岡の分析力を評価している。

あれほど数理解析の分野に長《た》けている松岡が、はっきりと数字が示している正しい道筋をいつまでも見ぬフリしているわけがない。

寿々花がそう話すと、江口も「私もそう信じている」と、表情を綻《ほころ》ばせた。

◇　◇　◇

その日の夜、尚樹は寿々花との待ち合わせに遅れてきた。

「待たせて悪かった」

「待ってないですよ」

肩で息をしながら待ち合わせ場所のカフェに姿を見せた尚樹に、タブレットから顔を上げた寿々花が不思議そうに返す。

寿々花のタブレットには数式と英文が映し出されている。それにチラリと視線を向けた尚樹は、安堵したように笑みを漏らすと、そのまま寿々花の向かいの椅子に腰掛ける。

画面を閉じるついでに時間を確認すると、どうやら一時間以上彼を待っていたらしい。

――なるほど……

事前に尚樹から遅れる旨の連絡をもらっていたので、時間を意識することなく論文を読みふけっていたため、待たされている意識がなかった。

時間を確認して初めて、尚樹が肩で息をするほど急いで駆けつけてきたわけを理解する。

「悪かった」

投げ出すようにテーブルにスマホを置き、運ばれてきた水を飲む尚樹が再び詫びる。

寿々花は首を横に振った。

「仕事で遅くなったのを謝られると、私も今後、仕事で遅刻しにくくなるのでやめてください」

経営者である尚樹はもとより、寿々花だって自分のタイミングで仕事を終わらせられないことは往々《おうおう》にしてある。たぶんそれは業種に関係なく、責任を持って働く人なら誰にでも起こりうることだ。

そういったことにいちいち怒ったり、罪悪感を持ったりするのは非効率だ。

幸いにも、寿々花はタブレットがあればどこでも時間を潰せるのだから、あまり気にされても困る。正直、このまま尚樹が来なかったとしても、待ち合わせ自体を忘れて数学の空想にふけっていたことだろう。

そんなことを話す寿々花を、尚樹は飲み物を注文しながら「らしいね」と、笑う。

「寿々花らしくて助かるよ。大事にしたい気持ちがあっても、どうにもならないこともあるから」

「物理的に会う時間を増やすことが、大事にしていることとイコールではありません。そのルールで愛情を測ると、仕事に情熱を持っている人が圧倒的に不利になります。仕事に誇りを持つ人を、私は尊敬しています」

そんなふうに心配されるのは、子供扱いされているようで面白くない。不満気な顔をする寿々花に、尚樹が微笑んだ。

「俺は、芦田谷会長に感謝するべきなんだろうな」

「……？」

思いもしなかった言葉にキョトンとしてしまう。

そんな寿々花の表情に、尚樹はトロリと目を細めて言葉の意味を説明する。

「子供の頃から芦田谷会長の背中を見てきたから、俺に寛容でいてくれる。寿々花が俺を嫌いにならない理由が会長にあるのなら、素直に感謝するよ」

相変わらず、独特の価値観の持ち主だ。

出会った頃は、彼の無遠慮な態度によく腹を立てていたが、尚樹は物事の本質を見失わない。こうして廣茂の良さも見つけてくれる。

そのことを嬉しく思っていると、テーブルに放置されていた尚樹のスマホが震えた。

何気なく視線を向けると、スマホの画面が着信を告げている。画面には、見たことのない女性の名前が表示されていた。

「ごめん、母だ……」

画面を確認した尚樹が、感情の読み取れない声を出した。そして躊躇《ためら》いなく電話を切ると、スマホを裏返してテーブルに戻す。

「出なくていいんですか？」

なにか急用だったのではないか、と気遣う寿々花に、尚樹が煩《わずら》わしげに首を振った。

「どうもこの前の件で、三瀬朱音が母に泣き付いたらしい。母経由で『話をしたい』といった連絡がしつこくくる」

尚樹が面倒くさそうに言う。

話を聞いた寿々花はそっと眉根を寄せた。

昔から虚栄心の強い朱音は、尚樹に拒絶されたことでムキになっているのかもしれない。それに、やたらと寿々花に対抗心を燃やしている朱音のことだ。尚樹の交際相手が寿々花と知り、よけい意地になっている可能性もある。

――それにしても、三瀬さんと尚樹さんのお母さん、親しいのかな？

以前、母親同士が知り合いと話していたが、尚樹と朱音を含めた家族ぐるみの付き合いをしていたのかも知れない。

なんとなくモヤモヤした気持ちでスマホを眺めていたら、尚樹が寿々花の頬を摘まんできた。

「ふぁっ」

「母は依存心が強い人で、古くからの知り合いに固執する悪い癖がある。だから昔からの友人の娘さんに頼まれて、深く考えずに電話してきてるだけだから。気にしないで」

頬から指を離して尚樹が言う。

「……」

尚樹がそう言う以上、寿々花が気にすることじゃないのかもしれない。それでも、モヤモヤした感情はどんどん膨れ上がっていくのだった。

◇　◇　◇

「なにか怒ってる？」

尚樹が寿々花にそう聞いてきたのは、食事を済ませ彼のマンションを訪れたタイミングだった。

「……別に」

そう返した寿々花だが、自分でも声に棘《とげ》があったと思う。なんとなく尚樹と距離を取って、リビングの窓辺へ向かい、近くにあったチェストに鞄を置いた。

「そう？」

「そうです」

そう言いつつ、きっと顔は仏頂面《ぶっちょうづら》をしているだろう。

レストランで食事をしている間も、彼の母親から数回着信があった。

もちろんそれは尚樹のせいではないので、彼に文句を言うつもりはない。

だけど、彼の母親が朱音のために何度も電話してくるという事実に、つい苛立ってしまう。彼の母親が、朱音へ肩入れしていると思うと面白くないのだ。

でもそれを正直に口に出せば、子供っぽいと呆れられるに違いない。

ましてや恋愛初心者の寿々花と違い、向こうは恋愛経験豊富なのだからなおのことだ。

あれこれ悩んで割り切れないでいる自分が情けなくて、落ち込んでくる。寿々花は窓に額《ひたい》を押し付け、夜景に気を取られているフリをする。

そうしながら、窓に映る尚樹の反応を窺った。彼はしばらく寿々花を見ていたが、諦めたのかキッチンへと足を向ける。

——最悪……

せっかく尚樹と一緒にいるのだから、楽しい時間を過ごしたいのに。

そうは思うのだけど、恋愛経験がなさすぎて、このこじれた感情の直し方がわからない。

途方に暮れて窓の外に視線を向けていると、背後のリビングテーブルに硬いものが置かれる音がした。振り向くと、テーブルに二人分のグラスを置いた尚樹と目が合う。

「人混みで疲れたみたいだから、甘いものでも飲むといいよ」

尚樹はソファーに腰掛け、自分の隣のシートを軽く叩く。

きっと尚樹は、寿々花のモヤモヤに気付かないフリをしながら、気持ちが落ち着くのを待ってくれているのだろう。

その余裕がありがたい反面、二人の経験の差を思い知らされる。

——私自身が扱い切れない感情を、尚樹さんの方がわかっているみたい。

それはつまり、尚樹は、こうやって不意に不機嫌になる女性と一緒にいた経験があるということだ。

「お邪魔します」

これ以上あれこれ考えていると、別のモヤモヤが湧き上がってきそうで、寿々花は考えるのを放棄して尚樹の隣に座る。

尚樹は、そんな寿々花の横顔を窺いながら「なにその挨拶《あいさつ》」と、可笑《おか》しそうに笑う。

それにつられて微笑もうとするけど、頬の筋肉が上手《うま》く動かない。

——私、恋愛偏差値低すぎ……

自分の至らなさを恨みつつ、寿々花は尚樹が用意してくれたグラスに口を付けた。

トロリと甘い桃の味が喉を撫でる。

果肉の食感が残る桃のスムージーが、尚樹の好みとは思えない。寿々花のために、用意してくれたものなのだろう。その予想を裏付けるように、尚樹のグラスは炭酸水だった。

最近の彼の冷蔵庫には、スムージーだけでなく、簡単な調理で食べられる食材が用意されている。

キッチンだけでなく、バスルームにも寿々花のためのアメニティが置かれていた。

初めて泊まった日は綺麗すぎて味気なく感じた尚樹の部屋に、寿々花のためのものが交じることで、生活感が生まれていく。

それがわかっているのに、いつまでも仏頂面《ぶっちょうづら》でいるのは間違っている。

「美味《おい》しいです」

尚樹の愛情を感じた寿々花の表情が自然と綻《ほころ》んだ。それを見た尚樹もホッとして笑う。

その微笑みに誘われるように、もう一口スムージーを飲んだ時、尚樹のスマホがまた震えた。

「ごめん」

スマホの画面を確認した尚樹は、短く詫びて通話ボタンを押すとリビングを出て行く。

――私に聞かれたくない話？

心がざわつき、ついいろいろと邪推してしまう。しかし、断片的に聞こえてきた単語は専門的な言葉ばかり。そこでようやく仕事の電話なのだと思い至る。

「悪い。ちょっと仕事でトラブルがあって」

スマホを手にリビングに戻ってきた尚樹が言う。

「いえ」

と、返す寿々花は、よほど可笑《おか》しな顔をしていたのだろう。

リビングの入り口で動きを止めた尚樹が、ああっと妙に納得した様子で頷いた。

「もしかして、母からの電話を気にしていた？」

「――っ！」

突然モヤモヤの原因を言い当てられ、寿々花はわかりやすく反応してしまう。

尚樹は愛おしげに目を細めてこちらへ歩み寄ると、寿々花の隣に腰を下ろして頭を撫でてきた。

「心配させて悪かった」

子供をあやすような優しい口調に、恋愛偏差値の差を痛感して恥ずかしくなる。

それでつい、可愛くない言葉が口を衝《つ》く。

「尚樹さんのお母さんは、三瀬さんと尚樹さんが上手《うま》くいくことを望んで、こうして彼女のお願いを聞いて、何度も電話してくるんでしょうね」

「……っ」

その場で否定してくれれば終わるはずだった寿々花の嫌味に、尚樹は一瞬言葉を詰まらせた。

それだけで十分だった。

やけに自信に満ちた朱音の言動は、尚樹の母親が二人の関係を望んでいることからくるものだったのだろう。

「帰ります」

寿々花が勢いよく立ち上がる。

ぐっと握り拳《こぶし》を作る寿々花に、尚樹が困り顔を見せた。

「そんなことで拗《す》ねるなよ」

拗《す》ねる――自分の幼稚さを自覚するのに、これ以上しっくりくる言葉はないだろう。

たいしたことじゃないと言いたげな尚樹に、腹立たしさを感じてしまう。

それに、あっさりと今自分が抱《いだ》いているモヤモヤの名前を教えられたことが恥ずかしい。

尚樹の目に自分がどう映っているのか急に不安になった。唐突に、こんな自分の姿を尚樹に見せていたくないという思いに駆られる。

「拗《す》ねてないけど、今日は帰ります」

もう一度宣言し、寿々花は戸惑う尚樹の横をすり抜け、窓辺のチェストの上に置いていた鞄に手を伸ばした。

すぐに追いついてきた尚樹が、その手首を掴む。

咄嗟《とっさ》に自分の腕に力を入れ、尚樹の手を振り解こうとする。けれど、力の差がありすぎて彼の手を振り解くことができない。

しばらく寿々花の抵抗を観察していた尚樹は、面倒くさそうに息を吐いた。

次の瞬間、寿々花の手首を強く引き寄せ体を自分の方へ向けさせると、窓ガラスに押さえ付ける。

そして空いている方の手を窓ガラスについて寿々花の行く手を阻《はば》んだ。

背中で窓ガラスの冷たさを感じる。

「そんな顔されて、帰すわけがないだろ」

呆れたように言う尚樹が、寿々花の耳元に顔を寄せる。

耳朶《じだ》に触れる吐息で、尚樹が笑っているのがわかった。

「……帰りますっ」

自分の子供っぽさに、居たたまれなくなる。

冷静になろうとすればするほど、どんどん気持ちが空回りしてしまう。

そんな自分が恥ずかしくて、目が潤《うる》んでくる。そんな寿々花の耳元で尚樹が囁《ささや》いた。

「冷静に考えてみろよ。俺が誰かの意見に左右されて、好きな女や結婚相手を選ぶような人間に見えるか？」

「……」

――見えるわけがない。

もちろん寿々花だって、尚樹の気持ちを疑ってはいない。それでも、こじれた感情を持て余して拗《す》ねている自分が恥ずかしいのだ。

「俺は寿々花に惚れている。それはわかってるんだよな？」

「はい」

尚樹がそれならいいと満足げに頷く。

「嬉しいよ」

「えっ？」

――この状況のどこが。

思わずムッとして顔を上げると、自分を見つめる愛おしげな視線と目が合う。

「俺のことで、寿々花がそんなふうに気持ちを揺らしてくれるとは思ってなかった」

そう言って、そっと寿々花の頬に口付けをした。

「いつも、俺ばかり振り回されている気がするから、こうして寿々花が嫉妬《しっと》してくれると、なんか嬉しいな」

「振り回されているのは……」

自分の方だ。尚樹がいつ自分に振り回されたと言うのだろうか。

寿々花は不思議そうに首を傾けた。

「なんでわからないかな」

困ったように呟いた尚樹が、唇を重ねてくる。

微かに開いた唇から流れ込んでくる彼の熱い吐息。触れた唇もしっとりと湿っている。

寿々花の唇の感触を味わうように、尚樹がキスを深めていった。

まるで、どうすれば自分の思いを伝えられるか試しているみたいだ。

「んぅ……」

強引で、どこか切羽詰《せっぱつ》まったものを感じる口付けに、息苦しさを覚える。

唇を離した尚樹がどこか不機嫌な口調で口を開いた。

「寿々花が國原と見合いしたと知った時、俺がどれだけ面白くなかったかわかるか？」

尚樹の告白に、寿々花は一瞬目を丸くする。でもすぐに、疑いの表情を浮かべた。

「嘘ばっかり。私より、ずっと恋愛の経験値が高い尚樹さんがそんなはず……」

気付けばまた拗《す》ねた顔をしてしまう寿々花を、尚樹がそっと抱きしめた。

「こういうことに、経験値は関係ないよ」

「でも、女性の扱いに慣れてます」

「そりゃあ、寿々花より年上だから」

「でも、私が尚樹さんの年齢になっても、同じ経験値を会得《えとく》できているとは思えません。この手の経験値は、個々の資質の影響を大きく受けると思います」

つい反論してしまう寿々花に、尚樹は「確かに」と言いつつ、優しい口調で諭《さと》してくる。

「俺だって、この年になって初めて人をここまで好きになったんだ。こんな感情、俺も未経験だよ」

「……」

きっと、尚樹の言葉は嘘ではないのだろうが、それでも素直に頷けない。そんな寿々花に、尚樹が苦笑まじりに助言する。

「数字でものごとを理解したがるのは、寿々花の悪い癖だ。寿々花は頭がいい分、物事を冷静に判断しようとする。それが悪いわけじゃないけど、時には本能で、自分の求めているものを選べよ」

色気を漂《ただよ》わせ始めた尚樹は、寿々花の髪を指に絡めて窓に手をついた。

そうされると頭が固定されて、自由に首を動かせなくなる。

そんな寿々花の首筋に尚樹の唇が触れた。

「あぁ……っ」

髪を引かれたことで微かに開いた寿々花の唇から、自然と甘い吐息が漏れてしまう。

肌に触れる舌のヌルリとした感触に、肌がゾクリと震えた。

さっきまで帰る気でいたのに、尚樹の温もりを感じた途端、そうした気持ちが萎《な》えていく。

「本当に帰りたいなら、この手を振り解くといい」

寿々花を試すように囁《ささや》きながら、尚樹は舌を首筋に這《は》わせる。

「………はぁっ」

熱い舌が耳朶《じだ》や首筋を這《は》い回る感触に、寿々花が切ない息を零す。

その息遣いを感じ取った尚樹は、自分の右足を寿々花の膝の間に割り入れた。そして、空いている方の手で胸を揉みしだいてくる。

たちまち、薄く開いた寿々花の唇から甘い声が漏れてしまった。

甘く艶《あで》やかなその声を聞けば、寿々花の答えなど容易にわかるのだろう。尚樹は片手で器用に寿々花のシャツのボタンを二つ外し、中へ手を滑り込ませてきた。

彼の手は、そのままブラジャーに包まれた胸の膨らみを鷲掴《わしづか》みにする。

「俺は寿々花にかなり毒されている。だけどその毒が、心地よくてしょうがないんだよ」

そう言って、尚樹は寿々花の唇を激しく貪《むさぼ》る。そうしながら、手をブラジャーの中に忍び込ませ直《じか》に胸を揉みしだいた。

形が変わるほど強く胸に食い込んだ指が、不意に胸の先端に触れる。彼は芯を持ち始めたそこを指の間で挟んだり、引っ張ったりしてきた。

「んっ………ッ」

尚樹の唇で塞《ふさ》がれている寿々花の口から、くぐもった甘い声が漏れた。

巧みな彼の舌は、寿々花の吐息ごと舌を絡め取っていく。深く口内を弄《いじ》られるうちに、抗《あらが》いがたい熱が体の奥に灯り始めた。

「俺はこれ以上守るべきものが増えるのは面倒だと思っていた。だけど寿々花だけは別だ。手放す気はないし、君を一番に幸せにできる人間でいたいと思う」

微かに唇を離した尚樹が、寿々花を見つめて強く宣言する。

息を呑んだ寿々花の首筋に唇を移動させた尚樹は、胸への愛撫《あいぶ》を激しくした。

「ウンッ……ア……ッ」

強く弱く、力を調整しながら胸を弄《もてあそ》ぶ尚樹は、同時に膝を動かして寿々花の足の付け根を刺激してきた。

尚樹の膝頭を押し付けられ、敏感になりつつあった肉芽にツキンッとした痛みが走る。

「寿々花、すごくいやらしい顔になってる」

耳元で尚樹がからかうように囁《ささや》く。

「嘘ですっ」

慌てて否定する寿々花にクツリと笑い、尚樹はどこか意地悪な声音で言った。

「じゃあ、自分の目で確かめてみたらどうだ？」

「えっ？　キャッ」

尚樹は寿々花を拘束していた手を離し、肩を掴んで体を反転させる。

不意の動きにバランスを崩した寿々花は、咄嗟《とっさ》に窓ガラスに両手をついた。顔を上げると、鏡状になった窓ガラスに映る自分の姿が目に入る。

口を薄く開き、中途半端に肌を晒《さら》したあられもない格好の自分に言葉を失う。

さらにそんな状態で肩越しに自分を見つめる尚樹と目が合ってしまい、羞恥心《しゅうちしん》でどうにかなりそうだ。

「ちが……」

あまりの恥ずかしさに、寿々花は窓から視線を逸らそうとする。だが、尚樹がそれを阻《はば》むように耳元で囁《ささや》いた。

「違わない。せっかくだ、感情に流される自分というのを知るといい」

そう言って、彼は背後から寿々花の胸の膨らみを掬《すく》い上げるように揉んでくる。さらに、硬くなった胸の先端を指の腹で強く押し潰されると、まだ触れられていない体の奥が甘く疼《うず》いた。

「……っ」

思わず窓ガラスに縋《すが》った寿々花の目に、左手で寿々花の腰を支えつつ、右手でブラジャーのホックを外して剥《む》き出しになった胸を鷲掴《わしづか》みにした尚樹の姿が飛び込んでくる。

「あっ……ヤダッ」

尚樹の欲望のままに形を変化させる自分の胸は、酷くはしたないものに見えた。

なのにそれを意識した体は、いつも以上に敏感な反応を示してしまう。

「それは、こんな蕩《とろ》けた表情で口にする言葉じゃないな」

尚樹は寿々花の反応を煽《あお》るように、卑猥《ひわい》な言葉を口にしながら、胸の先端を指で挟み引っ張ってきた。その刺激に寿々花が背中を震わせると、露出している寿々花の肩に唇を這《は》わせてくる。

「あぁ……っ」

唾液を纏《まと》う舌が柔肌を這《は》う感触に、寿々花から熱い息が漏れる。

「ほら、感じている自分をちゃんと見るんだ」

いつもより強い口調でそう命じられ、逆らえずについ従ってしまう。

ブラジャーを腕にぶら下げた状態で、胸を揉みしだかれている自分の姿を見るのは、酷く恥ずかしい。しかもそんなあられもない姿を、尚樹が見ていると思ったらなおさらだ。

それでも寿々花は、尚樹に命じられるまま淫《みだ》らな自分の姿を凝視する。

窓ガラス越しに寿々花と視線を合わせた尚樹は、腰を支えていた手をゆっくりと下へ移動させていった。

「あぁっっ……ッ」

焦《じ》らすようにゆるゆると動く手で、寿々花のスカートをたくし上げていく。

「駄目っ。外から見えちゃう」

寿々花は震える右手で尚樹の手首を掴んだ。しかし、明確な体格差のある彼の動きを止めることはできない。

「こんな高層階、外からなにをしているかなんて見えないよ」

冷静にそう返しながら、尚樹は意地悪さを含んだ声で囁《ささや》いた。

「このいやらしい姿を見ているのは、俺と寿々花だけだよ」

「……っ」

改めて自分が痴態を晒《さら》していることを自覚してしまう。

そんな寿々花の反応を窓ガラス越しに眺めながら、剥《む》き出しになった太ももを、ストッキングの中に忍ばせた手で撫でる。

その手はやがて、下着越しに寿々花の割れ目に触れた。

「アァッ」

窮屈《きゅうくつ》なストッキングの中で、尚樹の指が熱く熟した肉芽に触れてくる。敏感になっていたそこは、喜んでその刺激を甘い痺《しび》れへと変換させた。

全身を電流に貫かれたような衝撃が寿々花を襲う。

ガクガクと膝から崩れ落ちそうになった寿々花は、慌てて尚樹の手を掴んでいた手を窓ガラスについて体を支えた。

「もう濡れてるよ」

尚樹の指が割れ目をなぞるように前後に動くと、寿々花の腰がビクビクと跳ねる。

「…………んッ……あッ」

下着の上で思わせぶりに動いていた指が、不意にクロッチを脇に寄せると、直《じか》に寿々花の蜜口を撫でてきた。

溢《あふ》れ出す蜜を絡めるように蜜口で蠢《うごめ》く指が、敏感な肉芽を擦る。同時に、もう一方の手で寿々花の胸を弄《もてあそ》んだ。

「あ――っ」

普段と違う姿勢での刺激に、寿々花の背中が大きくしなった。

その反応が気に入ったのか、尚樹は蜜を絡めた指を大胆に動かし、寿々花の花芽を刺激してくる。

ストッキングの中で窮屈《きゅうくつ》そうに指が蠢《うごめ》く度、寿々花の腰が震えてしまう。

甘苦しい快楽が寿々花を襲い、膝から崩れ落ちそうになる。

「やぁ……ぁあっ」

どうにかして足を閉じたくても、尚樹の手に阻《はば》まれて叶わない。それどころか、身悶《みもだ》えるうちに自分の臀部を尚樹へ突き出してしまっていた。

体が密着していることで、尚樹の昂《たかぶ》りをはっきりと感じてしまう。

寿々花はだいぶ着崩れているとはいえ、お互いまだ服を着たままだ。けれども、熱を帯びて昂《たかぶ》っている尚樹の欲望を意識せずにはいられない。

そしてそれを意識した寿々花の肌は、より敏感になってしまうのだった。

そんな状況に耐えかねた寿々花が、どうにかこの状況から逃れようと腰をくねらせる。だが、尚樹の逞《たくま》しい腕が下半身と胸に回されているので逃げることもできない。

「離さない。そう言ったはずだ」

強い口調で言った尚樹は、思い知らせるように寿々花の蜜壺へ指を沈めてくる。

二本まとめて沈んできた指の存在感に、寿々花が背中をしならせた。

「あぁぁぁっ」

寿々花の中へと沈められた指は、いつになく荒々しく膣壁を擦る。

深く押し込まれては途中まで抜けていき、そうかと思えば、捻《ひね》るように角度を変えバラバラと別の方向に動く。

「いやぁぁぁっ…………あっぁぁっふぅぅぅ…………っ」

寿々花の感じる場所を的確に攻めてくる尚樹の指が、寿々花を切なく攻め立てる。

そうしながら、もう一方の手で胸を嬲《なぶ》ることも忘れない。

狂おしいほどの快楽に、寿々花の腰から力が抜けていく。

「もう……許してっ」

今にも崩れ落ちそうな体を支えるべく、必死に窓に縋《すが》りつく。

どんなに泣きそうな声で懇願しても、尚樹は一向に手を緩める気配がない。

それどころか、さらに激しく寿々花の体を攻め立てていく。

いつの間にか下着とストッキングが太ももまで引き下ろされているが、それを気にする余裕など、今の寿々花にはなかった。

上半身と下半身の弱い場所を同時に攻められ、ひとりでに腰がヒクヒク跳ねるのを止められない。

しかし、ひくついているのは、腰だけではなかった。

ぐちゅぐちゅと淫靡《いんび》な水音を立てながら、指の抽送《ちゅうそう》を繰り返す尚樹が耳元で囁《ささや》いてくる。

「ここ、物欲しそうに俺の指を締め付けてくるよ」

中で指を動かされる度に、自分の膣がひくついている自覚はあった。だけど、それを言葉ではっきり言われると、どうしようもない羞恥心《しゅうちしん》に襲われる。

「やだっ……言わないで……」

弱い声で抗議すると、尚樹は一気に指を三本に増やしてきた。

「ふあぁっっ」

指の太さに膣の入り口にピリリとした痛みが走る。しかし奥はその刺激を歓迎するように潤《うるお》いを増し、ヒクヒクと痙攣《けいれん》した。

三本の指を激しく動かしつつ、尚樹は蜜に濡れた親指で赤く熟した肉芽を弾く。たちまち寿々花の子宮が苦しいほど収縮し、彼の指を締め付けた。

言葉とは裏腹な寿々花の反応に気を良くしたのか、尚樹は三本の指を動かしつつ寿々花を高めていく。

「あっぁぁっっ！」

耐えがたい刺激に背中を仰《の》け反《ぞ》らせ、寿々花は髪を振り乱して首を横に振る。

「すごい締め付けだ」

掠れた声で呟きながら、尚樹は指の抽送《ちゅうそう》を加速させていった。

その動きに合わせて、粘り気を帯びた淫靡《いんび》な水音が大きくなる。

「やぁ……っ……はぁぁっ……」

容赦なく攻め立てられて、寿々花は立っているのがやっとだ。

さらには胸を揉まれ、肉芽を親指で弾かれると、過剰な快楽が寿々花の体を貫き、視界に白い光がチカチカと瞬《またた》いてきた。

次の瞬間、強く膣が収縮して尚樹の指を締め上げる。

絶頂を感じた腰が、無意識にビクビクと震えてしまう。震える腰を支える尚樹が、満足げに息を吐く。

「感じてるって、自覚できてきた？」

「は……い」

膣から指を抜き去り、崩れ落ちそうな寿々花の腰を支えながら尚樹が聞いてくる。

観念したように寿々花が頷くと、尚樹は片手で自分のベルトを外し始めた。

「えっ……ここでっ……」

カチャカチャとベルトの金具を外す音に続き、ジッパーを下ろす音がする。そして蜜に濡れた臀部に、硬く膨張した尚樹の肉棒が直《じか》に触れた。

その熱に、達したばかりの膣がキュンと疼《うず》いた。

戸惑う寿々花に、尚樹が「嫌？」と、尋ねてくる。

「……っ」

チラリと視線を向けると、窓ガラスに映る自分は酷く淫《みだ》らな表情をしていた。そしてそんな自分を見つめる尚樹は、飢えた獣のような目をしている。

出会った頃、本心を隠して常に飄々《ひょうひょう》と振る舞っていた彼とは別人のようだ。そこまで強く自分を求めてくれる尚樹に、寿々花は彼に言われた言葉を思い出す。

――本能で、自分の求めているものを選ぶ……

切迫した眼差しを向けてくる尚樹だが、彼という人をよく知るからこそ、彼がなんの覚悟もなく欲望の赴《おもむ》くまま寿々花を求めているわけではないのだとわかる。

「俺の気持ちはなにがあっても変わらない。その覚悟もある」

寿々花の思いを見透かしたように、尚樹が言う。

寿々花自身、自分の行為がもたらす結果に、責任が持てないほど幼くも弱くもない。

それに尚樹は、寿々花にまつわる面倒事を初めから気にもとめていなかった。求められているのは寿々花の気持ちだけだ。

「きて……」

か細い声で寿々花が答えると、尚樹が熱い息を吐いて腰を近付ける。

彼は角度を調整しつつ、寿々花の中へ自分のものを沈めてきた。

「あぁぁぁっ」

荒ぶる感情そのままに、尚樹の昂《たかぶ》りが寿々花の膣を占拠していく。

絶頂を迎えたばかりの体は、寿々花が思っていたより敏感で、挿入された刺激だけで膝から崩れ落ちそうな衝撃に襲われた。

尚樹が素早く腰を支える手に力を入れてくれたので倒れることはなかったが、爪先から力が抜けて膝がガクガクと震えてしまう。

それでも、体を密着させた尚樹に掠れた声で「動いていいか？」と聞かれると、首を縦に振っていた。

寿々花の腰を掴み直し、尚樹はゆっくりと腰を動かし始める。

「はぁぁあっふぁっっ」

窓辺に寿々花の甘い声が響く。

不慣れな体位ながら、先ほど散々弄《いじ》られ敏感になっている膣は、痛みを感じることもなくすんなりと彼を受け入れた。熱く潤《うる》んだ寿々花の中を、尚樹の熱い肉棒が何度も擦り上げていく。

尚樹は二人の繋がりを確かめるかのように、次第に激しく腰を打ち付けてくる。

ぐちゅぐちゅといやらしい水音を立てて突かれているうちに、寿々花の頭が朦朧《もうろう》としてきた。

汗ばむ体はとうに限界で、全身の震えが抑えられなくなる。

「あ………、ぁあぁぁっ」

硬く膨れる尚樹の亀頭に最奥《さいおう》を突かれ、甘い痺《しび》れが寿々花の全神経を侵食していった。

「クッ」

と、尚樹が熱い息を吐き、彼の肉棒が大きく脈打ち白濁した熱を中に吐き出す。

「ん………んっん」

尚樹の熱を受け止めた寿々花は、体をビクビクと痙攣《けいれん》させる。

一瞬、浮遊するような感覚に襲われた次の瞬間、一気に脱力した。

崩れ落ちた寿々花の腰を素早く抱き留めそのまま抱きしめると、尚樹は腕の中で脱力する寿々花の頬に口付けた。

「離さないから」

念を押すように宣言した尚樹は、寿々花を優しく抱き上げた。


ふっと目を開いた寿々花は、寝室に満ちる仄《ほの》かな闇の中でゆらゆらと微睡《まどろ》む。

あの後シャワーを浴びた二人は、再びベッドで何度も愛し合った。

気怠《けだる》く火照《ほて》った体は、内側から熱が溢《あふ》れてくるような気がする。

きっと尚樹も同じなのだろう。エアコンの効いた部屋の空気は寒いくらいに冷えているが、寿々花を背後から抱きしめる尚樹の体温は熱いくらいだ。

「寿々花？」

尚樹を起こさないようジッとしていたのに、寿々花の動きを感じ取った尚樹が声をかけてきた。

「起こしちゃいましたか？」

尚樹の方へ体の向きを変えながら聞くと、尚樹が首を横に振る。

「寝るのが勿体ないから起きてた」

頬杖を突いて頭の位置を高くした尚樹は、もう一方の手を寿々花の背中に回してきた。そのまま親が小さな子供にするように、ポンポンと一定のリズムで背中を叩いてくる。

——子供扱いされてる気分……

そうは思うのだけど、愛おしさを隠さない尚樹の腕に包まれるのは心地よい。

この温もりに身を任せていれば、再び心地よい眠りが訪れるだろう。そう思うが、尚樹の言うとおり、このまま眠ってしまうのは勿体ない。

「なにか話してください」

少し寝ぼけた頭で、子供のようなことをねだってしまう。

そんな寿々花の前髪をクシャリと撫でて、尚樹はなにを話そうか、と一瞬考えてふと口を開いた。

「そういえば……ずっと気になってたんだけど、聞いていい？」

束の間、言葉を探した尚樹が、遠慮がちに問いかけてくる。

「寿々花の家族、会長もお兄さんたちもあんなにインパクトあるのに、お母さんの存在を感じないよな。会長が離婚したって話は聞かないけど、どういう人なの？」

どこか気まずそうに笑った寿々花は、記憶を辿《たど》るように一度目を閉じてから、母の話をした。

「母は、元気に別居中です。少し前のことになるんですけど、結婚三十周年を目前にしたある日、父が『祝いに欲しいものをやる』と母に言ったんです。母は満面の笑みを浮かべて『自由』と返しました。そして長い話し合いの末、母だけがトロントに引っ越したんです」

「ああ……」

寿々花の説明で、あらかた想像がついたのだろう。

尚樹が「会長、いい人だな」と、ぽつりと呟いた。

「いい人？」

廣茂をそう評価する人を初めて見た。目を丸くして驚く寿々花に、尚樹が言う。

「俺なら、どんなに寿々花が望んでも、絶対に側から離したりしない」

その声音に、彼特有の激しさを感じる。

そしてその激しさが、火照《ほて》る寿々花の肌と心に心地よく馴染《なじ》んでいく。

「離れないですよ」

そう約束する寿々花を抱きしめて、尚樹がしみじみとした感じで言った。

「話を聞いたら、会長が気の毒になってきたよ。あの人、我《が》が強くてビジネスに厳しいだけで、もしかしたら俺より優しいのかも」

「父のことをそんなふうに思ってくれるんだから、尚樹さんも十分優しいです」

「優しいわけじゃないよ。ただ俺は、誰かと戦う覚悟をする時は、まず相手をよく理解することにしている。そうすることで、意外に無駄な戦いを避けられるからな」

「……？」

それはどういう意味だろう。微かに首をかしげる寿々花に、尚樹が告げた。

「仕事をしていれば、人と意見が違って揉めることはよくあるだろう？　そういう時、俺はまず相手の立場になって、相手がなにを求めて行動しているか考えてみることにしている。そうすると、相容《あいい》れないと思っていた相手の言い分に理解できそうな部分を見つけられたりするんだ。理解できれば、戦わず妥協案を探ることもできるし、ついでに自分にない考え方が勉強になったりする」

それを聞いて、自然と松岡のことが思い出される。

頑《かたく》なまでにＳＡＮＧＩとの業務提携を拒《こば》む彼には、どんな理由があるのだろうか。

「なるほど」

寿々花の声を聞いた尚樹は、ニヤリと笑って「まあ理解はできても、仲良くなることはないけどな」と、付け足すのだった。

なんとも彼らしい言い様にクスクス笑いながら、寿々花の長い髪を指に絡めて遊んでいた尚樹の指に自分の指を絡めた。

長い指は爪が短く切り揃えられ、節くれ立っている。ネイルで彩《いろど》られた自分の細い指とはまったく異質な男性の手だ。

この手と繋がったことで、寿々花の世界がどんどん広がっていく。

一度知ってしまえば失うことなど考えられない。

「尚樹さんの柔軟さを、私は尊敬しています」

「ありがとう」

尚樹は寿々花の手を一度強く握り返すとそれを解いて、両腕で寿々花を抱きしめてきた。

7　数学的アプローチの間違い

翌日、尚樹のマンションの近くにあるカフェで一人昼下がりのお茶を楽しむ寿々花は、ネットの書き込みに小さく笑う。

「四色《よんしょく》問題だ。懐《なつ》かしい」

今日は尚樹と一緒に夕飯を食べてから帰る予定だが、なにか仕事のトラブルがあった様子の尚樹は、かかってくる電話に対応したりパソコンを開いたりと落ち着かない。

気を遣わせるのも悪いと思って、寿々花は一人で散歩に出たのだった。

尚樹と歩いた道をぶらぶらしていると、テラス席のある素敵なカフェを見つけたので、そこで時間を潰すことにしたのだ。

昼下がりの夏の日差しは厳しいものがあるが、寿々花の席は木陰になっているし、冷却ミストが設置されているのでそれほど暑さは感じない。それに普段、冷房の効いた室内にこもることが多いので、こういう時に季節を感じるのもいいかもしれない。でないと、そのうち体が四季を忘れてしまいそうだ。

若干の使命感を抱《いだ》きつつテラス席に陣取った寿々花は、数学者が愛好するコミュニティサイトの投稿を閲覧していた。その中で、学生時代に学んだ定理に関する議論を見つけた。

四色問題……正しくは四色定理とは、簡単に言えば、地図上の隣接する国同士を異なる色に塗り分けるには四色あれば足りる、というような内容だ。

十九世紀にガスリー兄弟が疑問を投げかけ、多くの数学者が果敢に取り組んだにもかかわらず、解明するまでに百年余りの時を必要とした。しかも当時は、定理の証明にコンピューターを使用したことに対して否定的な数学者も多く、大勢の人が認識可能な方法で証明していないのはいかがなものかという物議をかもした。

なんだかんだと長年人々を悩ませ続けた説のため、きちんと証明された今でも、「四色定理」ではなく、愛着をもって「四色問題」と呼ぶ人が少なくない。

——愛されて百数十年。

懐《なつ》かしい友の近況を知るような思いで書き込みを読んでいた寿々花は、ふと自分の前に誰かが立ち止まった気配を感じた。

普段、数学に集中している時の寿々花なら、人が近付いても気付かなかったかもしれない。だがその足音は、攻撃的なまでにヒールの音がうるさく、また速度も尋常じゃない。

気配に驚いた寿々花が顔を上げるより早く、テーブルを叩く音が響いた。

「この泥棒猫っ！」

続いて、ヒステリックな甲高い声がテラスに響く。

顔を上げた先には、化粧をしていてもわかるほど顔を紅潮させた朱音の姿があった。

「三瀬さん？」

突然向けられた怒りに、寿々花が目を丸くする。

そんな寿々花に、朱音は一方的にまくし立てた。

「アンタが、なんでここにいるのよっ！　ここは私の場所よっ！」

「ここ……？」

寿々花は、割と空いているテラス席に視線を巡《めぐ》らせた。

他にも空いてる席はあるだろうに。それに、もしここが朱音のお気に入りの席なら、そう言えば席を譲る。それをいきなり喧嘩腰で怒鳴りつけてくるのは、人としてどうなのだろう。

もともと朱音にいいイメージのない寿々花は、不愉快さを隠しきれず眉根を寄せる。

そんな寿々花に、朱音が語気を荒らげて言う。

「尚樹さんの周りをうろつくの、やめてもらえる？　目障りなのよ。私と尚樹さんのことは、両方の親が公認しているんだからねっ！」

それでようやく、彼女の言わんとすることを理解した。

朱音の怒りの理由はわかったが、共感する気にも、理解する気にもなれない。

大体親公認というのが、どのレベルのものを示しているかわからないが、尚樹にそんな意思がないのは明らかだ。

朱音と話したいとは思わないが、このまま騒がれては店に迷惑をかけるだろう。

「とりあえず、他の人の迷惑になるから……」

「迷惑なのは、貴女でしょっ！」

場所を変えようと寿々花が腰を上げかけた時、パンッという乾いた音と共に、頬に痛みが走った。

親にも打《ぶ》たれたことがないのに……などと、チープな台詞《せりふ》が頭を掠めるが、事実、親どころか叩かれたのは、これが初めてかもしれない。

——しかも、こんな八つ当たりとしか思えない理由で。

あまりのことに怒りを通り越して呆れていると、寿々花の表情をどう解釈したのか、朱音が再び吠える。

「なによ、今度は芦田谷の名前を使ってウチの会社に圧力でもかけるつもり？」

「……」

突然襲撃してきた上に、謎の被害妄想。

あまりに一方的で自分勝手な言動に、ただただ心の温度が下がっていく。

こういう時、自分も兄たち同様、しっかり廣茂の血を受け継いでいるのだと実感する。そんなことを思いながら、寿々花は朱音を見据えたまま立ち上がった。

そうすると、もともとの身長差とヒールの高さにより、相手を見下ろす形になる。

「貴女に芦田谷の名前を使うだけの価値はないわ」

一呼吸置いて、冷めた口調で言い放つ。

静かながらも気迫ある言葉には、ヒステリーを起こしている女一人、簡単に黙らせるだけの力があった。

「——っ」

思わず怯《ひる》む朱音に、寿々花はそのまま言葉を重ねる。

「勝手ながら、貴女の経歴と会社の経営状況を確認させてもらったわ。ブランドオーナーのお父様のお手伝いをしているようだけど、年々業績が下がってきているみたいね。店舗の閉鎖も続いているようだし、放っておいても先は見えているわ。いずれ消える会社に、わざわざ芦田谷の名前を使う必要はないでしょ」

以前、朱音が結婚式の二次会で比奈に絡んできたこともあり、彼女の現状をそれとなく廣茂の取り巻きの一人である行員に聞いてみたところ、そんな回答が返ってきたのだ。

朱音はグッと唇を噛みしめた後に言い返す。

「そんなの、社員がそのうちどうにかするわよ。ファッション業界では、一度売り上げが下がったブランドでも、再びブレイクすることはよくあるもの。それに、尚樹さんと結婚すれば、彼がなんとかしてくれるわ」

他力本願な朱音の言葉に、さすがに呆れてしまう。それと同時に、彼女が結婚に求めているものがわかって嫌な気分になる。

「自分で動かない人のために、下は動かないわ。それに商売は生き物なの。どれだけ繁盛した商売でも、いいものを提供し続けなければいつかは衰退していくものよ」

アパレル業界で、三瀬の名前を聞かなくなる日は、そう遠くないのかもしれない。

そんな予想をしながら、寿々花は釘を刺す。

「この先、貴女の会社の業績が下がったとしても、それは芦田谷のせいじゃない。貴女の問題を、私のせいにしないでね」

「なによ……っ！」

なおも食い下がろうとする朱音に、寿々花がトドメの一言を言う。

「反論があるなら、十年後に聞いてあげる。悔しかったら、そこまで会社を維持させることね」

反論の余地を与えない気迫で寿々花が言うと、朱音がグッと唇を噛む。

苛立った眼差しで寿々花を睨《にら》むこと数秒、不意に朱音の表情が変わった。

「さすが芦田谷家のお嬢様、言うことが偉そうね。そうやって周囲の人間を見下して、ワガママを言えば、なんでも手に入ると思っているんでしょ？」

自分などより、よほど偉そうな口調で話す朱音は、目を細め勝ち誇った表情で続ける。

「尚樹さんのお母さんから聞いたけど、彼のお父さんの会社が倒産したのは、貴女のお父さんのせいなんですってね」

「――っ」

グッと言葉に詰まった寿々花を見て、朱音の口角が意地悪く吊り上がる。

「尚樹さんの周りに、貴女の存在を歓迎する人なんていないのよ。わかったら、私や彼の家族の前から消えてくれる？」

尚樹の身内として、当然のように自分を入れてくる朱音に苛立ちを覚える。だが、寿々花の口からは返す言葉が出てこない。

そんな寿々花の表情をひとしきり堪能すると、朱音は言葉を続ける。

「尚樹さんの家族を壊したのは貴女の父、困窮する彼の家族を助けたのは私の父。だから、私が彼と結婚するのは当然のことなのよ。金の力で過去は変えられないんだから」

廣茂のせいで尚樹が苦労したのは事実だし、その困窮から彼を救ったのが朱音の親であることも事実だろう。でもそれと、今、尚樹と寿々花が付き合っていることは別問題だ。

それなのに、過去の出来事を理由に、自分こそ尚樹に相応《ふさわ》しいと言わんばかりの朱音の言い分には納得がいかない。

「いいわね、もうこれ以上私の邪魔をしないでっ！」

寿々花の反論を待たず怒鳴る朱音は、足音高くテラス席から去って行った。


会計を済ませ店を出た寿々花は、微かに痛む頬にそっと手を添えた。

物理的な痛みはたいしてないが、心にジクジクとした不快な感情がこびりついて、それが上手《うま》く拭《ぬぐ》いきれないのが痛い。

昨夜の尚樹の話ではないが、社会に出て人と関わっていけば、意見の合わない人に出会うことは多々ある。そのいちいちに異議を唱えようとは思わないが、朱音に関しては、その発言のそこかしこに滲《にじ》む傲慢《ごうまん》さが不快でしょうがない。

学生の頃からそうだったが、朱音にはどうも、自分には人の人生を支配する権利があると思っているような節がある。

だから同級生に「寿々花と話しちゃ駄目」と命じることに躊躇《ためら》いがなかったのだろうし、さっきも当たり前みたいに「私の邪魔をしないで」と言ってきたのだろう。

――そんな人に、あれこれ口出しされたくない……

そうは思うが、尚樹の母のことを思うと、返す言葉が見つけられないのも事実だ。

尚樹は恨んでいなくても、彼の母は、廣茂を恨んでいるのではないか。

朱音と尚樹が結ばれるのを望んでいるのであれば、寿々花を快《こころよ》く思うはずがない。

昨夜、尚樹が寿々花の前で母親の電話に出なかったのは、きっとそういうことだろう。

――だけど……

と、あれこれ考えを巡《めぐ》らせる寿々花の肩に、誰かの手が触れた。

大きな手の感触に驚き顔を上げると、尚樹の笑顔があった。

「なかなか帰ってこないから、探しに来た」

軽く息を弾ませる尚樹が言う。

「ごめんなさい」

尚樹に気を遣わせたくなくて外に出たのに、裏目に出てしまった。

眉尻を下げる寿々花の頬に、尚樹の手が触れる。

「なんか頬がちょっと赤い？」

さっき叩かれた場所に尚樹の手が重なると、ジクジクした痛みが和《やわ》らぐ。

寿々花は尚樹の手に自分の手を重ねて、ぎこちなく笑った。

「テラス席でお茶を飲んでいたから、ちょっとのぼせたのかも」

朱音に言われた言葉を彼に告げるのは、なにか違う気がする。

彼女の言葉に打ちのめされた自分の姿を尚樹に見せるのは嫌だし、その話を聞いて、悩む尚樹の姿も見たくない。

「なにかあった？」

寿々花の態度に違和感を覚えたのか、尚樹が気遣ってきた。そんな彼に、寿々花は努めて明るく首を横に振る。

「探しにこなくても、電話をしてくれればよかったのに」

わざわざ探しに出なくとも、電話一本で済む話なのに。

怪訝《けげん》な顔をする寿々花の手を尚樹が取る。

「寿々花のことを考えながら探せば、自然と会える気がしたからな」

ちゃんと会えただろ、と得意げに笑う。その表情は、私服であることも手伝って、普段の彼より幼く感じた。

それが奇妙で寿々花がくつくつと笑うと、尚樹がホッと息を吐く。

「帰ろうか」

尚樹が寿々花を誘《いざな》おうとした時、尚樹のスマホが鳴った。

一瞬、朱音からの着信かと身構える。そんな寿々花の見ている先で、尚樹が「國原からだ」と呟き、寿々花に目配せして電話に出た。

何事だろうかと見守る寿々花の先で、尚樹は昂也といくつか言葉を交わすとスマホを頬から離し、寿々花に問いかけてくる。

「國原が、今から家に来て欲しいって言うんだけどいい？」

尚樹が出かけるのであれば、自分はどこかで時間を潰すので気にしなくていい。そう言うと、その声が電話口の昴也にも聞こえたのか、通話を切った尚樹が告げる。

「寿々花と一緒なら、二人で来て欲しいとのことだ」

「二人で……？」

ということは、仕事の話だろうか。

「まあ、あれこれ推測するより、話を聞きに行った方が早いよ」

嫌な予感に顔を曇らせる寿々花の手を、尚樹が軽く引いて歩き出した。

◇◇◇

尚樹と二人、昴也のマンションを訪れると、人懐《ひとなつ》っこい笑顔で比奈が出迎えてくれた。

なにか言うのは野暮《やぼ》だとでも思っているのだろう。廊下を歩きながら、もの言いたげな視線で尚樹と寿々花を見比べている。

そんな比奈に、寿々花も曖昧《あいまい》な笑みを返すことしかできない。

初めての外泊騒動で迷惑をかけた際、比奈と涼子には尚樹との関係をやんわりと伝えてある。

ただ、男性と付き合うこと自体初めての寿々花には、驚く二人の追及になにをどう答えたらいいかわからず、「詳しい話は三人揃った時に」とはぐらかしてしまったのだ。

その後は三人三様に忙しく、今日まで顔を合わせることがなかった。それもあって、比奈の中には聞きたいことが渦巻《うずま》いている様子だ。

気心の知れた友人との独特な空気感を楽しんでいた寿々花だが、リビングで出迎える昂也の表情を見て背筋を伸ばした。

「休みの日に悪いな」

そう詫びる昂也は、二人に着席を勧める。

寿々花以上に緊張の面持《おもも》ちを見せる尚樹がリビングのソファーに座り、寿々花もその隣に浅く腰掛けた。二人の向かいの席に昂也が腰を下ろす。比奈は一人キッチンへ向かった。

比奈が戻ってくるのを待たず、昂也が話を切り出す。

「業務提携の前に一つ確認させて欲しいのだが、ＳＡＮＧＩが訴訟を起こされているというのは事実か？」

静かな口調でそう問いかけられ、尚樹の表情が引き締まる。

訴訟という言葉に緊張する寿々花の横で、尚樹は落ち着いた口調である有名企業の名前を口にして、既に和解が済んでいることを告げた。

「その訴訟は、弊社が提供したシステムに関するトラブルではなく、その後のメンテナンスの内容に相手が満足できずに起こされたものだ」

「概略と和解を証明する資料を、早急に用意できるか？」

「明日には、内容をまとめて資料を持参させてもらうよ」

「できれば、午前中に頼む」

昂也の言葉に、尚樹が承知したと頷く。

「しかし、なんで今さらその話が？」

調べればわかることだし、随分昔のことなので報告しなかったと話す尚樹に、昂也が返す。

「数は減ったが、社内にはまだ業務提携に難色を示す者がいるということだ。そのうちの一人が、反対材料として今回の訴訟の件を探し出し、上層部に掛け合ってきた」

そう話す昂也は、チラリと寿々花に視線を向けてきた。

「その人は、松岡さんですか？」

寿々花が聞くと、昂也が小さく頷いた。

「彼はどうしても業務提携が受け入れがたいらしい。江口君の声に耳を傾けることなく、あれこれ行動を起こしているようだ」

「そう……ですか……」

話の途中で戻ってきた比奈が出してくれたお茶を一口飲み、寿々花は考え込む。

以前から松岡は、ＳＡＮＧＩとの業務提携に難色を示していた。寿々花としては、会社の方針として決まった以上、考えを変えてくれると思っていたのだが。

黙り込んだ寿々花に向かって、昂也が静かに口を開く。

「松岡の件、そろそろ決断するべきだな。彼が今までどれだけ真剣にこのプロジェクトに取り組んできたかは承知しているが、これ以上調和を乱すようなら……」

昂也は、社員をとても大切にする人だ。その彼がここまで言うのは、状況がそれだけ緊迫しているということだろう。

寿々花はグッと奥歯を噛みしめる。そうしないと、「はい」と、答えてしまいそうになるから。

この先、ＳＡＮＧＩとの共同開発において陣頭指揮を執るのは寿々花だ。

松岡を開発チームに残しておけば、また似たような問題を起こす可能性が高い。プロジェクトを優先させるなら、彼をチームから外すことを真剣に検討すべきだろう。

合理的に考えれば、その選択が正しい。だけど、どうしても首を縦に振れなかった。

「ここで決断する必要はないが、判断を求められる日は近いことを覚悟しておいて欲しい」

「わかりました」

難しい顔をする寿々花に頷いた昂也は、視線を尚樹へと移す。

「さて、話は以上だ。せっかくだし、このまま少しいいか？」

そう切り出す昂也は、ソファーの脇に置いてあった書類を手に、尚樹に専門的な質問を始めた。

ビジネスモードな二人のやり取りに、比奈が肩をすくめて寿々花に目配せをしてくる。そして静かに立ち上がるので、寿々花もそれに続いた。

「長くなりそうだから、こっちでゆっくりしてましょ」

「國原さん、結婚してもワーカホリックなのは治らないわね」

その昔、仕事第一主義の昂也に難色を示していた比奈へ気遣いの視線を向けた。

「ふふ、人生の全てを私に合わせてくれなくてもいいんです。だから、ほどほどのところまでは、見逃してます」

茶目っ気たっぷりに返す比奈は、寿々花をダイニングへと案内し、嬉しそうに冷蔵庫の中を覗き込む。そしてしばらく考えた後で、寿々花に「アイス食べます？」と、聞いてきた。

「いただくわ」

気さくな比奈の言葉に合わせて、寿々花も明るい口調でダイニングテーブルに腰を下ろす。

冷凍室のドアを開けた彼女は、楽しそうにアイスの種類を読み上げていく。

夫婦二人暮らしなのに何故と思うほどの品揃えの中で、寿々花はライム味のシャーベットを選んだ。比奈はストロベリー味のアイスを選び、寿々花の向かいに腰掛ける。

「鷹尾さんとの交際、順調みたいですね」

アイスを一匙《ひとさじ》口へと運んで比奈が言う。

「……まあ」

照れつつも寿々花が認めると、比奈が嬉しそうに目を細めた。

そしてニヤニヤしながら寿々花にあれこれ質問を投げかけてくる。最初は正直に答えていた寿々花だが、恥ずかしさから話題を変える。

「それより、結婚してどう？　仕事を続けていて、なにか言われたりしない？」

それは以前から気にかけていたことだ。

「言われますよ。『公私混同だ』とか『夫を支えるために、家庭に入るべきだ』とかいろいろと」

比奈は、あっけらかんとした口調で返す。

それを聞いて寿々花は不満げに息を吐くが、当の比奈は気にしていない様子で続ける。

「でも聞かないことにしています。だって、その意見に負けて私が仕事を辞めたりしたら、周囲の一方的な意見が正解ってことになっちゃうし」

迷いのない比奈の表情に、寿々花は目を瞬《またた》かせた。

正解は常に一つで、物事は自然とそちらに流れていくのが世の理《ことわり》だと思っていたけど、比奈は自分で自分の正解を作ろうとしている。

比奈の言葉に、自分なりの答えをもらった気がした。

「私、比奈さんのそういう考え方、すごく好きよ」

尚樹に愛の言葉を口にするのは恥ずかしいくせに、比奈には少しの照れもなく言えてしまう。そんな自分が面白くてクスクス笑っていると、尚樹と昴也が顔を覗かせた。

「話、終わったけど……」

そう声をかけてくる尚樹は、比奈と楽しそうに話している寿々花に「どうする?」と視線で問いかけてくる。

既にアイスは食べ終わっているし、お喋《しゃべ》りも十分堪能した。それに今は、尚樹と話したいことがある。

「帰ります」

寿々花は比奈にお礼を言い、腰を浮かせた。

そして玄関で靴を履く際、見送りにきてくれた昂也に深く頭を下げると、彼を見上げて言う。

「松岡さんの件ですが、彼をプロジェクトに残す方向で対策を考えたいです」

なにか吹っ切れた様子の寿々花の表情に、昂也が納得した様子で頷く。

「わかった。君に任せる」

その言葉に感謝して、寿々花は再び一礼すると、尚樹と共に國原家を後にした。


「ごめんなさい」

昂也のマンションを出た寿々花は、車を運転する尚樹に謝った。

「なにが？」

ハンドルを握る尚樹は軽く眉を跳ねさせ、不思議そうな顔をする。

「松岡さんのことです。尚樹さんのことを考えれば、彼をプロジェクトから外した方がスムーズに運ぶのはわかっているんですけど……」

申し訳なさそうな顔をする寿々花に、尚樹は問題ないと首を横に振る。

「寿々花にとってその選択が正解だと思うなら、それでいいと思うよ。今はたまたま、寿々花と俺の仕事が被っているけど、寿々花の仕事は寿々花のものだ。俺は仕事で楽をする気はないから、なにも問題ない」

松岡の横槍など気にしないと微笑む尚樹に、寿々花は安堵した様子で話す。

「私は今まで、数学的に物事を解決するのが美しいことだと思っていました」

「はあ……」

寿々花の言わんとすることを理解し切れていない様子で、尚樹は相槌《あいづち》を打つ。寿々花としては慣れた反応だが、それでも少し困り顔になりつつ言葉を続ける。

「数学では、既に解の出ている方程式でも、より最適なアプローチ方法がないか議論されることがあります。それは、効率よく物事を解決することが、正しく美しいとされているからです」

そして寿々花自身、邪魔な障害に足止めされることなく、水が流れるようにスムーズに答えに辿《たど》り着ける計算式が美しいと思う。

——だけど……

「でも、ふと思ったんです。現実世界では効率のよいアプローチが正解なんじゃなくて、たとえ間違っているかもしれなくても、それを貫き通すことで正解に変えることができるんじゃないかなって。そうやって解いた答えは、効率的に問題を解くよりも美しいんじゃないかって」

自分なりの言葉で思いを説明すると、尚樹が納得した様子で微笑んでくれた。

「わかった。寿々花が考えて決めたことなら、それを貫いてくれ。俺にできることは、フォローするから」

さっきは寿々花の仕事は寿々花のものと言っていたくせに、さらりとサポートを申し出てくる。

一見、矛盾したような尚樹の優しさが愛おしい。

「さっきと言っていることが、矛盾してますよ」

寿々花がそっと笑うと、尚樹も自分の矛盾に気付き、苦笑いを浮かべる。

「確かに。もちろん寿々花の仕事は尊重する。だけど俺はどうしても、俺の力で君を幸せにしたいと思ってしまう。寿々花の幸せは俺の手で作り出したい」

どこか独占欲にも似た心情を吐露《とろ》した尚樹が、「そうしていないと、怖くなるから」と、苦笑まじりに付け足した。

「怖い？」

「そう。出会った時から、寿々花は綺麗で意志が強かったけど、最近は心に芯のようなものもでき上がってきた。どんどん魅力的になっていく君の日常を俺で満たしておかないと、そのうち誰かに取られるんじゃないかって不安になるんだよ」

「そんなこと……」

あるわけがない。驚く寿々花が首を横に振るが、信号待ちで車を停めた尚樹は、右側に座る彼女の左手を取り言葉を重ねる。

「君のためなら、俺はどんなことでもするし、頑張れる。だから、ずっと俺の側にいてくれ」

触れた指先から、尚樹の緊張が伝わってきた。

出会った頃、遊び慣れた大人の余裕を見せていた彼が、真摯《しんし》に自分の愛を求めている。それを不思議に感じつつ、寿々花は尚樹と繋がる手に力を込めた。

寿々花も、尚樹なしの人生なんて考えられなくなっている。

——この恋は運命だ……

愛おしくて、手放すなんてことは絶対にできない。自分の中に湧き上がる激しい情熱に相応《ふさわ》しい言葉を探せば、それ以外の言葉は見つからない。

「生涯、貴方の側にいます」

寿々花が迷いのない声でそう返すと、尚樹は熱い眼差しを向けつつ寿々花の左手を自分の目線まで持ち上げる。そして左手の甲、薬指の付け根に口付けをした。

「約束だ」

二人の進むべき未来を告げるように、尚樹が言う。

——尚樹さんとの関係も、貫くことで正解にしたい。

寿々花は「約束します」と、彼に誓った。

8　歓迎されない来訪者

寿々花と二人で昂也のマンションを訪れた翌週。

出先から会社に戻った尚樹は、自分の姿を確認するなり慌てて腰を浮かせた部下の安藤に眉をひそめた。

慌ただしく駆け寄ってくる安藤の姿と、そんな彼を遠巻きに見守る社員の様子からして、なにかトラブルが起きたらしい。

「社長室にお客様です」

早口に告げる安藤の声に視線を向けると、透明なアクリル板で仕切られている社長室に、滅多に使うことのないロールカーテンが下ろされていた。

「社長室に、勝手に人を入れたのか？」

つい厳しくなってしまう尚樹の声に、安藤がしょぼくれる。そんな安藤に、何故か周囲から同情的な視線が向けられた。

言いたいことが喉の奥で渦巻《うずま》いているが、それをぐっと呑み込み、足早に社長室へ向かった。

ドアを開けた尚樹は「ああ」と、納得の息を漏らす。

社長室には、寿々花の二人の兄、猛と剛志がいた。技術はあるが、トラブルに弱く強引な相手が苦手な安藤が追い返せるような相手ではない。

当然、他の社員にも太刀打《たちう》ちできる術《すべ》などなく、見守ることしかできなかったのだろう。

「社長室の割に安い椅子だな。それにセキュリティも甘い」

尚樹の椅子に座り、デスクに足を投げ出している猛が、悪びれる様子もなく言う。

後ろ手に扉を閉める尚樹を挑発するように、猛は背中に体重をかけ椅子を軽く揺らす。

そんな横柄な兄の姿に眉根を寄せる剛志だが、彼も片手をポケットに入れてデスクの端に腰掛け、勝手にデスクの資料を読んでいるのだからなかなかだ。

「機能性重視なので」

重厚な革張りの椅子で踏ん反《ぞ》り返る猛の姿を思い浮かべ、同じにするなと尚樹は言い返す。

長時間パソコンを使用していても疲れないよう、人間工学に基づいたゲーマー推奨《すいしょう》の椅子を使用しているのだ。

因縁《いんねん》を付けられる筋合いはないと、尚樹は冷めた視線で続ける。

「それにペーパーレスを進めていて、見られて困るような情報は手に取れる場所には置いていませんので。まさかその方針が、押し込み強盗対策になるとは思いませんでしたが」

尚樹の答えに、猛は面白くなさそうに鼻を鳴らす。

自分だけ立たされた状態で話すのも不愉快なので、尚樹は来客用のソファーに腰を下ろした。

彼らの方がどうしても視線が高くなるので、自然と見下ろされる形になる。そのことを腹立たしく思いながら、尚樹は芦田谷兄弟に問いかけた。

「で、ご用件は？　俺の椅子の座り心地を確認しに来たわけじゃないでしょう？」

不機嫌さを隠さず用件を促《うなが》すと、猛は勿体ぶるように間を置いてから口を開いた。

「トラブルを抱えているそうじゃないか？」

「会社を経営していれば、大なり小なりトラブルは付きものですから」

軽く肩をすくめる尚樹は、どの件だろうかと内心で思考を巡《めぐ》らせる。

先日寿々花が泊まりに来た日は、運悪くメンテナンスを請け負っている会社のサーバーが原因不明のシステムダウンを起こし、その対応に追われることになった。

だが週明けには原因を突き止め、完全復旧している。もっとも、そういった急な対応を求められることは、この仕事ではよくあることなので、トラブルと呼ぶほどでもない。

他の会社との関係も特に問題はなく良好だ。

わざとらしく顎《あご》に手を当て、考えているフリをする。そうやって相手の反応を窺っていると、痺《しび》れを切らしたように剛志の方が口を開いた。

「寿々花が任される予定のプロジェクトが、ごたついているんじゃないのか？」

「おいっ！」

先に交渉のカードを切った剛志に猛が咎《とが》めるような視線を向ける。

「いつまでもここで時間を潰していられるほど、暇な人じゃないでしょ」

静かな口調で言い返す剛志に、猛は渋々といった感じで口を開いた。

「お前の会社のせいで寿々花の手を煩《わずら》わせるな、と父からの伝言を預かってきた」

——業務提携の件は、公表前のはずだぞ……

寿々花が初めて外泊した日、廣茂は一夜にして尚樹のことを調べ上げていたので今さら驚かないが、なんでもお見通しといった感じが面白くない。

不機嫌に眉根を寄せる尚樹に、猛が言う。

「ウチの力で、なんとかしてやろうか？」

「はっ？」

——なにを言っているんだ。

突然奇妙なものを見せられたといった感じで、尚樹が表情を崩す。そんな尚樹に、猛は恩着せがましく言った。

「お前への反発心が強い社員を、ウチの力で黙らせてやると言っている」

口角を片方上げ、自信に満ちた表情を浮かべる猛に、尚樹は露骨に嫌悪感を表す。そんな尚樹へ、フォローするかのように剛志が口を挟んだ。

「兄は別に、そいつの不祥事を暴き出して社会的に抹殺しようとか、脅して黙らせようとか言っているわけじゃない。この場合、よりより条件の転職先を紹介して、自主的にクニハラから姿を消すよう働きかけるくらいだ」

この場合……じゃない場合は、不祥事がなければ、捏造《ねつぞう》しそうな雰囲気だ。

業務提携に難色を示している松岡という社員は、社内での風当たりが強くなっていると、それとなく寿々花から聞いている。

確かな実力があるのなら、条件のいい環境でのびのびと仕事ができる方が、彼にとってもいいのかもしれない。

同時にクニハラとＳＡＮＧＩの業務提携の障害が消え、プロジェクトが迅速に進むのなら、悪くない話だろう。

――だが……

「彼女は、そんな解決方法を望んでいませんよ」

「お前が黙っていれば、寿々花が知ることのない話だ。自尊心の強い男が、仕事が上手《うま》くいかない時に好条件の引き抜きを受けて転職する。そんなの、よくある話だろう？　それでお前もその男も得をするのだから、なんの問題もないだろうが？」

「そのついでに俺に恩を売ってこいとでも、会長に命令されましたか？」

わざわざ尚樹のもとを訪れている目的はそこにあるのだろう。

「家族の総意だ」

どこか脅迫めいたものを感じる猛の口調に、尚樹は不満げに目を細める。

「そうやってこれまでも、彼女の人生を彼女不在のまま進めてきたんですか？　そろそろ彼女の人生は、彼女に返してやったらどうです？」

冷ややかな尚樹の言葉に、猛の眉が跳ねる。

「あぁっ？」

鋭い目で顎《あご》を上げた猛が、尚樹を威嚇《いかく》してくる。しかし、廣茂より劣る気迫で威嚇《いかく》されたところで、尚樹が怯《ひる》むわけがない。

彼女の母親が、自由が欲しいと願った理由がよくわかる。

全てにおいて先回りされ、あれこれお膳立てされる人生は、さぞや快適でその分味気ないものだろう。

だが芦田谷家の男たちは、それを愛情だと錯覚しているようだ。

「会長にお伝えください。彼女のことを本気で愛しているのであれば、自分の安心のために彼女の障害を取り除くのではなく、なにもせず見守ってあげてくださいと。彼女は自力で問題を解決しようと努力しているし、そんな彼女を助けたいと思う人間が、家族の他にもいるのだから」

今の寿々花は、数学だけが友だちだった彼女とは違う。友だちの考えに刺激され、強さをもらい、どんどん心を成長させている。

もちろん尚樹だって、彼女の選択をできる限りフォローしたいと思っている。既に昂也を通じて反対派と話し合い、徐々に賛同を得ていた。

寿々花が一番気にしている松岡という社員とも、夏期休暇の間に直接話し合える機会を設《もう》けてもらう予定だ。

愛する者を苦しめる障害を取り除き、全てから守りたいという思いは、尚樹にもある。

だが同時に、自分の力で問題を解決しようとする寿々花の思いを尊重したい。それに、彼女ならできると信じている。

「あまり干渉が過ぎると『奥様の二の舞になりますよ』とも、お伝えください。今時の女性は、与えられるだけの人生を好まないですからね」

「「――っ！」」

尚樹の一言に、芦田谷兄弟が同時に苦い顔をする。

どうやら彼らにとっても、苦い記憶らしい。もしかしたら個人の恋愛においても、思い当たることがあるのかもしれない。

――全てに恵まれているはずなのに、親子揃って恋愛に不器用……

そう思うと、若干の同情心が生まれるのは、彼らが寿々花の兄だからだろうか。

同情やら後悔やら、なんとも言えない奇妙な空気感がしばし社長室を満たす。

そんな中、最初に口を開いたのは次男の剛志だった。

「もし君なりに根回しをしているのだとしても、ウチの協力があった方が、より順調に事が運ぶんじゃないか？」

なにかを探るような口調に、猛の眉が跳ねた。けれど今回はなにを言うでもなく、剛志と尚樹の会話を見守っている。

――ああ、そういうことか……

二人の様子を見比べた尚樹は、軽く頷いた。

廣茂の命を受けてきた以上、手ぶらでは帰れないらしい。

あちらとしては、純粋に寿々花を心配すると同時に、なんとしても尚樹に手を貸し恩を売っておきたいのだろう。

――どこまでも自己主張の激しい御仁《ごじん》だ。

呆れつつ尚樹は首を横に振る。

「いえ、結構です。この程度の問題、会長の手を煩《わずら》わせるまでもありませんので」

こんなことで会長に借りを作って、礼を言うなんて冗談じゃない。

慇懃無礼《いんぎんぶれい》に微笑んだ尚樹は、虫でも払うように手を動かす。と同時に、最初の勢いを失っている芦田谷兄弟を確認して満足げに頷いた。

一呼吸置いた尚樹は、からかいを含んだ表情でこう付け加える。

「ただし、そちらがどうしてもと言うのであれば、未来の兄のために恩を買って差し上げても構いませんが」

恩着せがましい尚樹の口調に、猛がグッと口を噤《つぐ》む。

今にも「ふざけるな」と、怒鳴り出しそうな兄を手の動きで制して、剛志はデスクから腰を上げて姿勢を正した。

「では頼むとしよう」

スーツの襟《えり》を直し凛々《りり》しい風情で立つ剛志は、少しもものを頼む態度ではない。

さすが芦田谷家の人間と言ったところだろうか。

苦笑いを浮かべつつ、尚樹は一つの提案を芦田谷兄弟にした。

「……まあいいだろう。こちらで手配してやる」

尚樹の話を聞き終えた猛が、鷹揚《おうよう》に頷く。プライドの高さも、ここまで来ると笑うしかない。

「よろしくお願いします」

尚樹が笑うのを堪《こら》えて頼むと、猛はデスクから足を下ろして立ち上がった。

これでやっと帰ってくれると、尚樹はやれやれといった感じで戸口へと二人を誘う。

「お客様がお帰りだ」

社長室の扉を開けてそう声をかけると、安藤が弾かれたように立ち上がり駆け寄って来た。彼に二人の見送りを任せて尚樹は社長室に引き返す。

だが扉を閉めるより早く、誰かの手がそれを阻《はば》んだ。

「……っ？」

何事かと視線を向けると、今しがた出て行ったばかりの剛志が扉を押さえていた。

忘れ物でもしたのだろうかと視線で問いかけると、剛志は手にしていた書類を尚樹に差し出す。

「妹を思うのなら、こちらの件も早々に片を付けるべきじゃないのか？」

書類を受け取ろうと差し出した手ではなく、尚樹の胸を書類で軽く叩いてから、剛志はそれを渡して今度こそ帰っていった。

社長室の扉を閉めた尚樹は、受け取った書類をパラパラ捲《めく》りため息を漏らす。

書類の間には、つい最近尚樹が受け取った母からの手紙が挟まれていた。

寿々花の目に触れては困るが、簡単に捨てるわけにもいかない。それで社長室に保管していたその手紙を、鍵のかかる場所に入れておかなかったのは、そこまで大事に扱うと、手紙の内容を肯定しているようで嫌だったからだ。

この手紙を読んだのなら、今の剛志の言動も理解できる。

これを猛に見せることなく自分の胸に留めておいてくれたのなら、剛志には感謝するべきだろう。

手紙には、尚樹と寿々花の交際を朱音から聞かされた母の苦悩が書かれていた。それと同時に、尚樹と朱音が結婚してくれることを切に願っているとも書かれている。

母としては、このまま自分がよく知る人との絆を深めたいようだが、その希望に尚樹の気持ちは含まれていない。

大体、朱音から得た一方的な情報により、寿々花をどうしようもなく傲慢《ごうまん》でワガママな女性だと決めつけているのが伝わってくるから余計に腹立たしい。

「もちろん、どうにかするさ」

尚樹は前髪を掻き上げ、今後について考えを巡《めぐ》らせた。

◇◇◇

終業時間と同時にオフィスを出た寿々花は、通行ゲートを出たところで足を止め、壁際へと身を寄せる。明日から夏期休暇に入るため、寿々花と同じタイミングで退社していく社員は多い。

昨日から雨が降り続いているので、エントランスは湿度が高く、肌にブラウスが纏《まと》わり付く。それを不快に思いつつ壁際に隠れるようにして一時間ほど待っていると、目的の人物が姿を見せた。

「松岡さんっ」

ゲートを抜けた瞬間名前を呼ばれ、松岡がビクッと肩を跳ねさせた。そして寿々花の姿を確認すると、気まずそうな顔をする。

「芦田谷さん……もう帰ったんじゃなかったの？」

最近職場では露骨に寿々花を避けている松岡だが、この状況では無視もできないらしく会釈《えしゃく》を返してくれた。

「松岡さんを待ってました」

やっと捕まえた松岡を逃がさないよう、寿々花は駆け寄りながら言う。

「話ならオフィスですればいいじゃないか」

そう言って松岡が歩き出すので、寿々花も並んで歩く。

「仕事としてじゃなく、できれば私個人として話をさせて欲しかったんです」

「ふぅん……どうせプロジェクトのことだろ？」

それ以外に思いつかないのだろう。松岡は投げやりな口調で聞く。

「俺に退職願でも出せって？」

その言葉に寿々花はあり得ないと首を横に振ったが、松岡はどこか訝《いぶか》る視線を向けてくる。

「逆です。松岡さんには、これからもプロジェクトに参加して欲しいと思っています。だから、もう一度きちんと松岡さんの意見を聞かせてもらいたいし、ＳＡＮＧＩの説明もさせてください」

寿々花だって、松岡が闇雲に反対意見を主張しているわけじゃないことは承知している。それに、今も真剣に自社開発の道を模索すべく試行錯誤をしているのも知っていた。

だから今日も一人、帰りが遅い。

エントランスを抜けると、外は相変わらず雨が降り続いていた。

ポンッと弾む音を立て、松岡の傘が開いた。寿々花も自分の傘を広げ、彼に並んで歩き出す。

「説明……する必要はないよ。ちゃんと調べた」

少し猫背ぎみに傘をさす松岡がぽつりと返す。

「それでも反対ですか？」

松岡は細《こま》かいことまで確認作業を怠《おこた》らない人間だ。そんな彼が調べたと断言するのであれば、寿々花の説明は必要ないだろう。

でもそれならどうして、と寿々花は首をかしげる。

「ちゃんと調べたのに、それでも反対ですか？」

ちゃんと調べたのなら、ＳＡＮＧＩとの業務提携のメリットを理解できるのでは。そう考える寿々花に、松岡は「そうだね」と、ため息を吐くように呟いた。

「たぶん、どうして俺じゃないんだろうって、考えてしまうんだと思う」

「……？」

「ＳＡＮＧＩの社長のような発想力や行動力が自分にあれば、いろいろ違ったんだろうなって……」

そう話す松岡が、足を止め寿々花を見る。

その動きに合わせて寿々花も彼を見上げた。眼鏡に街の明かりが反射しているせいで、彼の表情が上手《うま》く読み取れない。

「ごめん。ただのくだらない嫉妬《しっと》だ……」

自虐的に微笑む松岡へ、咄嗟《とっさ》に寿々花が首を振って言う。

「くだらなくないです。その嫉妬《しっと》は、松岡さんが一生懸命仕事をしてきた証拠だから」

寿々花の言葉に、松岡の頬が一瞬歪《ゆが》んだ気がしたが、寿々花はそのまま続ける。

「専務も、松岡さんたちの努力を理解しています。だからこそ、私をチームに引き抜いた。それなのに、私が松岡さんたちの思い描いていたアプローチ方法を実現できなかったから……。本当にごめんなさい」

自分の力不足を詫びる寿々花に、松岡が首を横に振る。

「それは違うよ。タイミングから考えて、君が引き抜かれたのは俺たちのやり方では駄目だって、引導を渡すためだったんだと思う」

表情をなくした寿々花を見て、松岡は深く息を吐き出し微かに笑う。

「少し考える時間をもらいたい」

「もちろんです」

もとよりこの場でいい返事がもらえるとは思っていなかった。考えを持ち帰ってもらえるだけで満足だと表情を輝かせる。そんな寿々花に、松岡が聞く。

「そういえば、元専務からの招待状きた？」

松岡が言う元専務とは、昂也の父親の國原幹彦《みきひこ》のことだ。以前はクニハラの役員を務めていたが、今はその職を辞し、新規事業の経営をしている。

そんな元専務から、自社の製品に関するレセプションパーティーの招待状が届いたのは昨日のことだ。

元専務の新規事業に廣茂も携わっている関係で、寿々花は出席することが決まっている。

「松岡さんも、出席されるんですか？」

「面倒だけど、俺たちにも招待状を送ってくるってことは、夏期休暇で出席が少なくて、面目《めんぼく》が保てないってことだろう」

寿々花もパーティーに出席すると返すと、松岡はその時に返事をすると約束してくれた。

夏期休暇が終わればプロジェクトが本格始動するので、松岡もそこがタイムリミットと理解しているのだろう。

寿々花は頷いて松岡を見送った。

9　攻防と策略

「やり過ぎだ……」

パーティー会場であるレストランが入っているホテルのラウンジで、尚樹はうんざりした表情で唸《うな》った。視線の先では、艶《あで》やかに着飾った男女がエレベーターホールへと進んでいく。

そんな尚樹の表情を見て、向かいの席に座る猛が勝ち誇ったように笑みを深め、足を組み直す。

「我が家にものを頼んだ以上、安っぽい会談の場を設《もう》けるわけがないだろう」

猛はそう嘯《うそぶ》くが、その表情を見れば尚樹に対するささやかな嫌がらせだとわかる。

二人の兄の訪問を受けた日、尚樹は自然な形でクニハラの松岡と面会して話す場を設《もう》けて欲しいと頼んだのだった。

実のところ、松岡との面会については既に昂也に頼んであった。なので、わざわざ廣茂にそれを頼む必要はなかったのだが、なんとなく二人の兄を手ぶらで帰すのが気の毒になったのだ。

しかし、その恩を仇《あだ》で返された気分になる。

尚樹が望んでいたのは、ごく自然な場所での面会だ。それなのに廣茂は、昂也の父親である幹彦まで巻き込んで、明確な目的もないレセプションパーティーを開くと言ってきた。

そんな大袈裟《おおげさ》なことをする必要はないと止めたが、そのパーティーに二人が出席すれば、ごく自然な形で出会えるではないかと言って聞かなかったのだ。

それで仕方なく今日のパーティーに参加することになったのだが……

会場は国際会議の場にも使われたことがある有名ホテルのレストランで、パーティーの規模や参加者の顔ぶれを見れば、廣茂が悪乗りしているのだとわかる。

「こんな規模のパーティー、不自然極まりないだろ」

不慣れな場に気後れすれば、松岡との話もままならなくなる。それ以前に、パーティーの規模に驚き、引き返してしまうのではないかと心配になった。

「父がパーティー好きなのは有名な話だ。誰も不思議に思わないさ」

白々しい口調で剛志は返すが、相手はサラリーマンなのだ。それも社交とはほぼ無縁の、研究畑の人間である。

廣茂の嗜好《しこう》を知るわけがないし、幹彦に招かれたはずのパーティーであけぼのエネルギーの会長が幅をきかせる意味さえ理解できるかどうかも怪しい。

「それとも、パーティーの規模を見て、今さらながらにウチとの格の違いを思い知り、畏敬《いけい》の念を抱《いだ》いたか？」

ニヤリと笑う剛志に、このパーティーに秘められた本当の意味を読み取る。

つまり芦田谷家の財力や権力を、尚樹に見せ付けておきたかったのだろう。そして格の違いを思い知らされた尚樹が、どんな反応を示すのか知りたいのだ。

——この程度のことで、自分の寿々花に対する愛情を計られて堪《たま》るか。

「パーティー一つで格の違いを誇示するほど、芦田谷家は安い家じゃないでしょう？」

そう返すと、尚樹は強気な笑みを浮かべて立ち上がった。そしてタキシードの乱れを直しながら、面白くない表情を浮かべる芦田谷兄弟に言葉を続ける。

「元来、貪欲な性格をしているもので、せっかく派手な宴《うたげ》の場を提供していただいたのなら、ありがたく活用させてもらいますよ」

挑発的な笑みを添え芦田谷兄弟に一礼すると、尚樹は一足先に会場へ向かった。

◇　◇　◇

パーティー会場に到着した寿々花は、ホールの中をぐるりと見渡し陰鬱《いんうつ》なため息を漏らした。

「やり過ぎよ……」

もとより父のパーティー好きはいつものことで、無理矢理名目をつけてパーティーを開くことには慣れっこだが。

今日のこれは、いつもの急なパーティーにしては会場が立派だし、規模が大きすぎる。

名目上は廣茂も関わっている幹彦の合弁会社のレセプションパーティーということになっている。

だが、廣茂をよく知る家族からすれば、父が急にパーティーを開きたくなり、その口実に使ったというのは明白だ。

そんな気紛れに巻き込まれ、出席を余儀なくされた者の中には、無理して予定変更をした者もいるのではないかと心配してしまう。

しかしながら、今回ばかりはそれも悪くないのではと思える。

おかげで夏期休暇に入った後、こうして松岡と会うチャンスができたのだ。けれど、いかんせん招待客が多すぎる。

——肝心の松岡さんが見つからない……

周囲を見渡していた寿々花は、一人の女性の姿に目が留まった。

痩《や》せた年配の女性が一人、不安げな表情で辺りを見渡している。

身に纏《まと》う黒のドレスは上品だが、化粧や髪型が衣装に合っておらず、どこかちぐはぐな印象を受けた。おそらくこういった場所に慣れておらず、やむを得ない事情で出席することになったのだろう。

——一人で来たわけじゃないわよね。はぐれたのかしら?

彼女の動きからして、誰かを探しているようだ。

「すみません」

そっと彼女に近付いた寿々花は、控え目なトーンで声をかける。

痩《や》せた年配の女性は一瞬驚いた顔をしたが、すぐに緊張した面持《おもも》ちで微笑んだ。そんな彼女に、寿々花も微笑みを浮かべて問いかける。

「お連れの方とはぐれたんですか?」

何故わかったのだろうと言いたげに目を見開いた女性は、小さく頷く。

「そうなのよ……。ここに来るまでは一緒だったんだけど、会場に着くなりはぐれちゃって。息子も後で来るとは言っていたんだけど、まだみたいだし」

そんな事情を話す間も、彼女の視線はせわしなく会場内を動いている。

「電話してみたらどうですか？」

寿々花の提案に、女性は素早く首を横に振る。はぐれた後、既に何回も電話をしてみたのだが、コール音は鳴るものの留守番電話に切り替わってしまうのだという。

これだけ賑《にぎ》やかだと、着信音に気付かないのかもしれない。

どうしようかと悩んだ寿々花は、近くを通りかかったウエイターを呼び止め、女性に連れの特徴を聞き、該当する人を見かけたら自分か彼女に知らせて欲しいと頼んだ。

「広いし人も多いですけど、同じフロアにいるのは確かですからすぐに見つかりますよ」

彼女にそう声をかけ、寿々花は飲み物を勧めた。

硬い表情のまま、寿々花の差し出すグラスを受け取った女性は、それをすぐに飲み干す。慣れない場所のうえ、会場に着くなり知人とはぐれて、相当緊張していたらしい。

「お連れの方が見つかるまで、一緒にいますね」

早く松岡を探したい気持ちはあるが、彼女をこのまま放置するのは気の毒だ。

そう判断した寿々花の提案に、女性はホッと安堵の息を漏らした。

そこで寿々花は、とりあえず彼女を壁際に配置されているソファーに座らせると、軽い食事と飲み物を彼女のもとへと運び、自分も彼女の隣へ腰を下ろした。

寿々花自身、初対面の人と会話をするのは得意な方ではないし、あまり込み入った質問をされても困るので、つい口数が少なくなってしまう。

それでもずっと黙っているわけにもいかず、猛暑対策や都心でのお盆休みの過ごし方など、当たり障《さわ》りのないことをポツリポツリと話して時間をやり過ごしていた。

相手の女性も無口な性分《しょうぶん》らしく、積極的に話しかけてくることはない。

そうやって、どちらかといえば沈黙の方が長い断続的なお喋《しゃべ》りをしていた寿々花は、フッと視界の端を通過していく人に目を留めた。

「松岡さんっ」

寿々花の存在に気付くことなく通り過ぎようとしていた松岡は、呼び止められ慌てて足を踏ん張らせる。そして大きく屈《かが》めた腰をグッと高い位置に戻しつつ、後ろ歩きで寿々花の前に立った。

「芦田谷さん、ここにいたのか。探したよ」

松岡の言葉に、隣の女性がハッとした表情を見せた。寿々花が視線を向けると、小さく首を横に振り「……そんなお名前だったんですね」と、呆然と呟いた。

こういった場所では、寿々花は極力名乗ることを避けている。それで今日も、特に聞かれなかったので名乗ることなく過ごしていたのだ。

「あの、この前の話ですけど……」

そう話しながら、寿々花は隣の女性をチラリと見た。

連れが見つかるまで一緒にいると約束したが、松岡と話す間くらいは一人にしてもいいだろうか。

そんなことを考えていると、松岡が、女性の座る場所とは反対側の寿々花の隣に腰を下ろした。投げ出すように足を伸ばしネクタイを緩める松岡が「革靴嫌い」と、呟く。

——まあ聞かれて困る話でもないし……

当事者である松岡が気にしないのであれば、わざわざ場所を移す必要はない。

「気を遣って顔出したのに、すごい人だね。来る必要なかったよ。……なんか皆、高そうな服着てるし。芦田谷さんも、なんか女子力上がってるし」

疲れた様子で呟く今日の松岡は、スタンダードなスーツを着ている。

寿々花に返事をする約束がなければ、帰りたかったのかもしれない。

「ごめんなさい」

「なにが？」

「いえ、私との約束がなかったら、帰れたんじゃないかと」

思わず謝る寿々花に、松岡は首を捻《ひね》って頭を掻いた。

「芦田谷さん、相変わらず気を遣いすぎ。そうやって気を遣ってるから、俺のことプロジェクトから外せなくなって、がんじがらめになるんだよ」

「松岡さんをプロジェクトに残すのは、その方がいい結果に繋がると思うからです」

困ったように笑う松岡に、寿々花は断言する。

「なにを根拠に……」

「この前、四色問題について考えていたら、松岡さんがチームの中で尊《とうと》い存在になるような気がしたんです」

「はぁ？」

眼鏡の奥の目を大きく見開いた松岡に、寿々花は四色定理の概要から説明しようと思ったが、それは知っていると返されたので飛ばした。

「四色問題は、長年皆で悩んだ末に答えが証明されたのに、未だにもっと美しいアプローチ方法があるんじゃないかって話題になります。一つの答えに皆が納得していたら、生まれなかった議論がいくつもありました」

「……」

「目の前に用意された答えを鵜呑《うの》みにするのは、すごく楽です。でも楽をしすぎると、自分の頭で考えなくなりそうで……。私はその場の雰囲気に流されて納得したフリをする人より、ちゃんと自分の意見を言ってくれる人と仕事がしたいし、議論できる相手がいることで、よりよい答えを導き出せると信じています」

自分の判断に自信を持つ寿々花は、迷いのない眼差しを松岡に向ける。

「だから自分の考えを持って、しっかり反対意見を出してくれる松岡さんの存在は重要です。このプロジェクトを成功させるために、チームに松岡さんがいてくれると心強いです」

「クッ……」

寿々花の話を聞いて、松岡が思わずといった感じで喉を鳴らした。そのままひとしきり笑うと、表情を改めて言う。

「君は数学者として優秀なはずなのに、いろいろ勘違いが多いな」

「……？」

自分はなにを間違えたのだろうかと悩む寿々花に、松岡が苦笑いを見せた。

「俺の言う嫉妬《しっと》はそういうことじゃなかったんだよ。だけど、思いがけず高く評価されてしまったから、格好悪い人間になれなくなってしまった」

寿々花には意味のわからない発言だったが、隣に座る女性には通じたらしい。納得したという感じで、静かに頷いている。

「？？？」

頭に浮かぶ無数のクエスチョンマークみたいに、寿々花の首が徐々に傾いていく。

そんな寿々花を見て、松岡が膝を叩いて立ち上がった。

「芦田谷さんやＳＡＮＧＩの社長と違って、俺の人生に誇れるものは仕事だけだから、そこに固執していたんだと思う。……とりあえず、これからもよろしく」

そう言って、手を差し出された。安堵の思いでその手を握り返す寿々花は、つい口を滑らせる。

「私もずっと研究一筋の冴えない数学オタクでした。友達もいなくて、失恋して、それでも足掻《あが》いて変わりたくて、今はこんな感じです」

「なにそれ」

松岡が意味不明といった感じで小さく笑う。そして少し考えてから言う。

「まあいいや。続きは休み明けに会社で聞かせて。これからも一緒に仕事するんだし」

松岡はそう言って、軽く手を振り離れていく。

それを見送る寿々花は、少しだけ首をかしげた。

——それにしても、松岡はなにに嫉妬《しっと》していたのだろう。

そんなことを考えていると、誰かに名前を呼ばれた。

視線を向けると、比奈と涼子が自分に向かって手招きしている。

「私はもう大丈夫だから、行ってください」

事情を察したらしく、隣の女性が言う。

「でも……」

「少し、一人で考えたいことがあるので」

そう言われてしまうと、このまま一緒にいるのも失礼な気がする。それでも一応、困った際には自分に声をかけて欲しいと伝え、その場を離れた。

◇　◇　◇

器用に人混みをすり抜けて歩く尚樹は、探していた相手を見つけて足を止めた。

「ここにいたのか……」

そう声をかけると、相手が心底ホッとした表情を見せる。

「随分早く着いたのね。会えてよかったわ。朱音さんとは、はぐれてしまって」

「そうなると思っていたよ」

尚樹の言葉に、細身の黒のドレスに身を包んだ女性が不思議そうな顔をする。

「こういう場所で、彼女とはぐれるのはいつものことだろ？　母さん」

その言葉に頷きながらも、尚樹の母親であるしのぶはまるで言い訳するように告げる。

「でも、朱音さんも人混みが苦手で、つい見失ってしまうらしいの」

その言葉にそうですか、とため息を吐き尚樹は顎《あご》を動かす。

「彼女の居場所は、一足先に確認しておいたから見に行くといいよ」

「……？」

しのぶは尚樹の言っている意味が理解できていない様子だが、彼はそれを気にすることなく母の手を引いて会場を歩き出した。

そのまま奥まった窓際の辺りまで進むと、カーテンの陰に母を誘導しそのかたわらに立つ。そして尚樹は、顎《あご》で華やかな人で賑《にぎ》わう場所を示した。

尚樹に促《うなが》されるままそちらに視線を向けたしのぶは、たちまち戸惑いの色を浮かべる。

「朱音さん……」

そこには、ご機嫌な様子で男性と談笑する朱音の姿があった。

媚《こ》びたように笑う朱音は、しなを作り艶《つや》っぽい視線を話し相手の男性に向けている。

母は初めて見る朱音の姿に衝撃を受けているようだが、尚樹はそんなものだろうと息を吐くだけだった。

別に彼女に興味もないので素行について調べたことはないが、しのぶから朱音と賑《にぎ》やかな場所に出かけるとよくはぐれるといったことを聞かされていた。だから、こういった華やかな場所に二人揃って誘い出せば、朱音がどんな行動に出るかは容易に想像ができた。

あらかじめ、尚樹は仕事の都合で終わりがけに顔を出すだけだと話しておいたので、主催者の挨《あい》拶《さつ》もされていないこの時間帯なら好きに振る舞ってもバレないと高をくくっていたのだろう。

調子のいいことを囁《ささや》く男に上目遣いで微笑む朱音に、しのぶが困惑の表情を浮かべた。

尚樹としてはそれを見せられただけで十分だったのだが、こちらのタイミングを見計らったように朱音のスマホが鳴った。

マナーモードに切り替えていないスマホからは、会場の賑《にぎ》やかさに負けない音量で派手な音楽が流れる。「ヤダァッ」と笑ってスマホを確認した朱音は、話していた男性に軽く会釈《えしゃく》してその場を離れ、窓辺へとやって来た。

そして、尚樹たちのいるカーテンの近くに立つと、電話の相手とご機嫌な口調で話し出す。

既に酔っているのか、朱音の声のボリュームは思いのほか大きく、離れていてもよく聞こえた。

「……いい男、どうかな？　とりあえず稼《かせ》いでそうな男には、片っ端から声かけてる……え、尚樹さん？　……まあ保険。ババア、私の言いなりだから姑《しゅうとめ》問題楽そうだけど」

強気な口調で話す朱音の言葉に、しのぶがギョッと目を見開く。

確認するまでもなく、朱音の言う「ババア」とは、しのぶのことだろう。

こちらの存在を知る由《よし》もない朱音は、ご機嫌な様子で電話を続ける。

「ババア？　婚活の邪魔だからまいた。尚樹さんが来る前に回収するけど」

ここまで聞かせれば十分だ。さすがに、これ以上自分の母親を悪く言われるのは面白くない。

眉根を寄せた尚樹は、しのぶをカーテンの奥に押し込むようにして隠すと、一人朱音の前へと進み出た。

意味のない会話をしていた朱音は、不意に姿を現した尚樹に目を丸くする。

「え……」

と、戸惑いの息を漏らし、手にしたスマホと尚樹を見比べている。直後、通話相手になにか告げることもなく電話を切った。そしてスマホを持っていた手を下ろして笑顔を取り繕《つくろ》う。

朱音の手の中では、突然電話を切られた相手が掛け直したのか、スマホが場違いな音楽を響かせている。そのせいで、彼女の存在が悪目立ちしているのだが、朱音はそれを気にする様子もない。

「早かったのね。貴方のお母様とはぐれてしまって、今ちょうど探してたとこなの」

朱音は作り笑いを浮かべて、平然と嘘をついてくる。

だが、尚樹がそれに付き合ってやる義理はない。

「はぐれたのではなく、お荷物だからまいたんだろ？」

尚樹の言葉に、朱音の表情が強張《こわば》る。

自分でも朱音に向ける声が酷く冷淡になっているのを感じているし、おそらく表情も声に見合うものになっているのだろう。

いつもは上手に隠されている苛立ちや嫌悪を見せ付けられて、朱音が唇を震わせるが、その口から出てきたのは蔑《さげす》みの言葉だった。

「ウチのおかげで命拾いしたくせに、ちょっと稼《かせ》ぐようになったからって偉そうにしないでくれるっ！」

ヒステリックに叫ぶ声に周囲の視線がさらに集まる。

自分の失言に気付いた朱音が、にわかに慌てふためくがもう遅い。

好奇の視線を向け、口元を手で覆《おお》いながらヒソヒソ話す声が聞こえる。

遠巻きに自分を包囲する囁《ささや》き声に、青くなった朱音がグッと唇を噛む。

この場での噂が、明日にはどれほどの尾鰭《おひれ》がついて広まるかわかっているのだろう。

『誰の人生の責任も背負うことなく逃げ出す男と、そんな男に付いて行った女……。そんな二人の末路など、調べずとも知れておる』

不意に、以前廣茂に言われた言葉を思い出した尚樹は、まったくそのとおりだと頷き、朱音に冷めた口調で告げる。

「君の本心は聞かせてもらった。君がどう生きようが、どんな男と結婚しようが自由だが、俺と関係のないところで勝手にやってくれ」

——自分がどうにかするだけの価値もない。

「……」

悔しげに睨《にら》みつけてくる朱音に冷めた一瞥《いちべつ》を残して、尚樹はしのぶを連れてその場を離れた。

「朱音さん、こういう場所に来ると、いつもはぐれたって言っていなくなってたけど……」

尚樹の少し後ろを項垂《うなだ》れて歩くしのぶが、独り言のように呟く。

「酷くワガママな芦田谷のお嬢さんに、貴方が騙《だま》されているとも……」

そこで足を止めた尚樹は、真面目な顔で母を見た。

「そうやって人の言葉を鵜呑《うの》みにする前に、自分の目で真実を確かめたら？」

今日、朱音と母を一緒に招待した目的はそこにもある。

最初は自分が母を説得して、寿々花の人柄を理解してもらおうと考えていたが、すぐにそんな必要はないのだと気付いた。

寿々花には尚樹が弁護してやる必要などどこにもないのだから。

母が自分の目や心で彼女という人を知ればいいだけの話なのだ。

「さっきある女の子が、同じようなことを言ってたわ。目の前に用意された答えを鵜呑《うの》みにするのは楽だけど、楽をしすぎると自分でものを考えなくなるって……」

「そうか……」

よっぽどその言葉が心に響いたのか、そう言ったきりしのぶは黙り込んでしまった。

しばらくして「今日は、帰るわ」と、続けた。

せめて、一目だけでも寿々花を紹介したい。

そんな思いでホールに視線を巡《めぐ》らせる尚樹を、しのぶが手の動きで止める。

「どうせこの先、何度でも会うことになるのでしょう？　無理して今日会わなくてもいいじゃない。それに……散々盗み聞きした後じゃ恥ずかしいわ」

「盗み聞き……？」

「なんでもないわ」

その時、こちらへ近付いてきた男性が、しのぶに会釈《えしゃく》をした。

そしてその男性は、尚樹へと視線を向けると「今、お時間いいですか？」と、聞いてくる。

そう言われて男の顔を確認した尚樹はハッとした。クニハラの松岡だ。

説明会などの際に数回顔を合わせただけなので、すぐには気付かなかった。

そのことを申し訳なく思いながら母に視線を向けると、彼女はどうぞといった感じでお辞儀する。

「少し気持ちを整理したいから、私の件は後日にして」

そう言い残して、帰っていった。

「タイミング、悪かったかな？」

しのぶの背中を見送る尚樹に、松岡が聞く。

「いや。気にしなくていい」

さっきしのぶは「この先、何度でも会うことになるのでしょう？」と、言った。それはつまり、この先、寿々花と顔を合わせるつもりがあるということだ。

今はそれだけでいい。寿々花を知れば、彼女を拒《こば》む理由などなくなるのだから。

——それよりも……

と、尚樹は松岡を見やる。

まさか彼の方から声をかけてくれるとは、思っていなかった。

彼から、自分になんの話があるのだろうかと身構える尚樹に、松岡が言う。

「ブラックホールの重力が及ぼす影響に関するアインシュタインの理論が正しいと証明されたのは、つい最近のことです。それくらい長い時間をかけないと、なにが正解かわからないことがたくさんあるんですよ」

「はあ……」

唐突な彼の言葉には、寿々花に似たものを感じる。そんなことを考えていると、松岡が小さく笑った。

「芦田谷さんが使いそうな言い回しですよね」

「まあ……」

「一緒に仕事をしているから、彼女の好きそうなものはわかるんです」

そう言って松岡が尚樹を見つめた。

「彼女の今の判断が間違ってないって保証はないですよね？　時間をかければ、違う答えが出るかもしれない」

最初はプロジェクトのことを言われているのかと思ったが、どうやらそうじゃないらしい。

これはつまり、尚樹への宣戦布告だ。

今は尚樹を選んだ寿々花も、そのうち心変わりするかもしれない。だから自分は気長に寿々花を口説《くど》くつもりだ、ということらしい。

「気長で我慢強いっていうのは、研究者の嫌な利点ですね」

尚樹の皮肉を、松岡は否定も肯定もしない。無言のままそっと笑い、尚樹に「これからもよろしく」と、一礼して離れていった。

つまり彼はプロジェクトに残るし、今後も寿々花の側にいるということだ。

「……」

自分は意外に嫉妬《しっと》深い人間らしい。

心に湧き上がってくるモヤモヤした感情を持て余し、尚樹が首筋を擦ると、後ろから声が聞こえてきた。

「ウチの娘はモテるから、これからもうかうかしてられないな」

横柄なその声で、振り向かなくとも誰だかわかる。

「……」

顔を顰《しか》めつつ尚樹が振り向くと、案の定、廣茂と二人の兄が立っていた。

――どこから見ていたんだか？

嫌そうな顔をする尚樹を見て、廣茂だけでなく、二人の兄もニヤニヤしているので腹立たしい。

「そうですね。娘さんは聡明で美人で、男を見る目もあるようで」

不敵な笑みを添えて返す尚樹の言葉に、廣茂が奥歯を噛み締めた。

「せっかく対話の場を設《もう》けてやったのに、恩を仇《あだ》で返すような物言いだな」

そう噛みつくのは、もちろん猛の方だ。

――恩を……って、押し売りしといてよく言うよ。

呆れる尚樹がふと視線を向けると、友だちと一緒にいる寿々花の姿が遠目に見えた。

三人揃って周囲を見渡しているので、自分のことを探しているのかもしれない。

尚樹が手を挙げて合図すると、それに気付いた寿々花がこちらへやってくる。その様子を確認しながら、尚樹は廣茂に尋ねた。

「ところで娘さんは、このバカげた規模のパーティーの目的に気付いてますかね？」

その言葉に、彼の表情が強張《こわば》る。

もとより派手なことを好まない寿々花のことだ、自分と松岡の対話の場を設《もう》けるためだけに、これだけの規模のパーティーを用意したと知れば、小言の一つくらい言いたくなるだろう。

——俺に格の違いを見せ付けることに気を取られて、失念してたな。

内心で苦笑しつつ、尚樹は近付いてきた寿々花に微笑みかける。

「あの日のドレスだな」

寿々花は、二人が初めて出会った時と同じドレスを着ていた。

「私にとって特別なドレスなんです」

そう返す寿々花は、尚樹がドレスのことを覚えていたことが嬉しかったらしく表情を綻《ほころ》ばせたが、尚樹が次に放った言葉にすぐに表情を曇らせた。

「今、芦田谷会長と、このパーティーの趣旨について話していたところだ」

「……っ」

「夏季休暇でそれぞれ予定がありそうなこのタイミングで、これだけ派手なパーティーを開くのだから、目的がないわけがない」

出し抜けに話し出した尚樹の言葉に、廣茂たちの表情が一際強張《こわば》る。そんな彼らを視界に入れつつ、尚樹は寿々花へ身を寄せて言った。

「俺と君の仲を認めて、公表する機会を設《もう》けてくれたそうだ」

そう言って、尚樹が寿々花の腰に手を回し会長たちを見る。その瞬間、怒りのあまり一気に顔を紅潮させた廣茂が否定しようと口を開いた。

だがそれより早く、両手で口元を隠して目を輝かせた寿々花が歓喜の声を上げる。

「お父様、ありがとう！」

その言葉を聞いて、廣茂が怒鳴れるわけがない。

死ぬほど苦い薬を口に入れたように、無理やり喉まで出かかった言葉を呑み込む。二人の兄も、なにか言いたげに黙り込んだ。

「というわけで、後は一緒にパーティーを楽しもうか」

寿々花の腰に手を回したまま、尚樹は彼女と人の輪の中へ足を向ける。

途中振り返って「恩は返しました」と、手で合図すると、廣茂が地団駄《じだんだ》を踏むのが見えた。

寿々花を愛する限り、あの家族と付き合っていくことになるのだ。このくらいの遊び心がないとやっていけない。

「近いうちに、俺の母を紹介するよ」

「お母様が、不愉快に思われるんじゃないですか？」

母の気持ちをおもんぱかる寿々花に、尚樹は問題ないと首を横に振る。

さっきの母の態度からして、向こうは寿々花に会う覚悟があるようだ。

「大丈夫だよ。君を知れば、嫌いになるわけがない……」

「どうかしました？」

楽しそうにクスクス笑っていた尚樹が、不意に言葉を途切れさせたので、寿々花が心配そうに見上げてくる。そんな彼女に、尚樹は首を振って微笑んだ。

「いや。君を愛したことで、俺の世界がどんどん鮮やかに満たされていく」

以前廣茂が、尚樹の抱える飢餓感は、自分が大事に思う者を守れた時だけ満たされると話していたが、今、本当の意味でその意味がわかった気がする。

そんなことを改めて実感する尚樹が、寿々花に言う。

「寿々花と一緒に生きることで、俺の世界がどんどん変わっていくよ」

「それは、私もです」

それが楽しみでしょうがないと、尚樹の言葉に寿々花が表情を輝かせる。

その表情に眩《まぶ》しいものを見たように目を細める尚樹は、彼女の足取りに歩調を合わせて歩いていった。

エピローグ　旅路の後に

パーティーの後、尚樹が予約していたホテルの部屋に入った寿々花は、脱力するようにソファーに腰を下ろした。

「お疲れさま」

キャビネットのかたわらに立ち、ネクタイや時計やカフスを外していた尚樹が、その姿を見て笑う。

「松岡さんの件ですけど、解決したと思います」

廣茂公認の恋人として寿々花が尚樹を紹介したことにより、今日のパーティーの趣旨は、一瞬にして二人の婚約発表の場と化したのだ。

あの廣茂に認められた男として、尚樹は祝福と称賛の嵐を受けていたので、松岡のことを報告しそびれていた。

寿々花としては朗報のつもりだったのに、それを聞いた尚樹の反応は何故か鈍い。

首をかしげる寿々花の隣に腰を下ろした尚樹が、寿々花の前髪をクシャリと撫でた。

「それはそれで、いろいろと悩ましいよ」

「どういう意味ですか？」

「内緒」

悪戯《いたずら》っ子のように笑う尚樹が、そのままの流れで寿々花の頬を軽く摘まんでくる。

「ふぁっ」

不意に頬を摘ままれ、間の抜けた声を漏らす。そんな寿々花の反応を見て、尚樹が優しく目を細めた。

「出会った日も、こうやって君の頬を摘まんだな」

尚樹は寿々花の頬の弾力を楽しむように、指でむにむにと頬を摘まんでいる。

「あの日、あの偶然の出会いがなければ、俺は今の幸せな時間を知らなかったんだろうな」

しみじみとした口調で尚樹が呟く。

「それは私も一緒です」

寿々花は尚樹の背中に手を回し彼に抱きついた。尚樹の胸に顔を埋《うず》めて息を吸い込むと、彼の愛用しているムスクの匂いに包まれる。

——初めてこの匂いを嗅いだ日が、随分昔のことみたいだ。

「あの日、貴方の腕の中で溺《おぼ》れてしまいそうな錯覚に陥ったんです」

懐《なつ》かしむように、寿々花は深く息を吸う。

「なんだそれ……」

「今になって思うと、自分の世界が変わる予感だったのかもしれません」

もちろんそれは、後付けの発想でしかない。

けれども、いくつもの偶然が重なり合った結果辿《たど》り着いた関係のように見えて、実は最初から運命のようなものが働いていたのではないかと思ってしまう。

そんなことを考えながら尚樹に甘えていると、彼は体をずらし寿々花をソファーへ押し倒した。

「……っ」

すぐに覆《おお》い被さってきた尚樹の重みに、寿々花の鼓動が跳ねる。

微かな緊張の色を見せる寿々花に唇を重ねた尚樹は、最初から口腔《こうこう》に舌を差し入れてきた。息もつかせぬ激しい口付けに戸惑う寿々花をよそに、尚樹は性急にドレスの上から胸を揉んでくる。

「あ……んぅッ……駄目……まだ……」

「寿々花に出会うまで、俺は十分待った」

一瞬唇を離した尚樹が、熱く囁《ささや》く。

「それは……」

意味が違うと言う前に、再び寿々花の唇が塞《ふさ》がれた。角度を変えながら舌を絡めて、激しく寿々花を求めてくる。

最初は恥らいを感じていた寿々花も、呼吸ができないほど濃厚な口付けを交わしているうちに、彼の情熱に理性が溶かされていくのを感じた。

思考が鈍ってくると、激しい口付けが心地よくなる。

「ん………ッ」

甘い息を吐く寿々花が形ばかりの抵抗をしても、彼にはその本音がどこにあるかお見通しなのだろう。尚樹は、寿々花の背中に手を回すとファスナーを下げた。広がった胸元から手を滑り込ませて乳房を揉みしだく。

「あっ駄目……っ」

胸に尚樹の指が触れるだけで、体の奥が快感で震えてしまう。

「寿々花のここ、もう硬くなってる」

恥じらって視線を落とす寿々花にわからせるよう、尚樹は硬く尖った乳首を指の間に挟み、軽く引っ張る。

寿々花が小さく喘《あえ》ぐと、もう一方の手でドレスのファスナーを完全に下ろされた。肩を撫で下ろしながら器用にドレスを脱がし、上半身を露《あら》わにされてしまう。

「………」

露《あら》わになった体にエアコンの冷やされた空気が触れ、肌が粟立《あわだ》つ。と同時に、なんだか寂しい気持ちが湧き上がる。

でもすぐに、冷えた肌に熱を灯すような尚樹の指が触れてきた。

寿々花の上に覆《おお》いかぶさった尚樹は、片手で寿々花を潰さないようバランスを取りながら、もう一方の手で寿々花の胸を包み込む。

最初はやわやわと脇に流れる乳房を掬《すく》い上げていた手は、時折、強く乳房に指を喰い込ませていく。

「あっ……ふっ……あぁ………っ」

胸の先端を指の間に挟み込まれたり、形が変わるほど強く弱く乳房全体を揉みしだかれたりするうちに、触れられていない方の頂《いただき》も硬くなってじんじんしてきた。

なんとも言えない焦《じ》れったさに、寿々花は無意識に身を捩《よじ》る。

その反応を見逃さず、尚樹は意地悪な笑みを浮かべて囁《ささや》きかけてきた。

「そっちも触れて欲しい？」

そっち……とは、もちろん尚樹が触れていない方の胸だ。

「う……ん」

と、寿々花が恥じらいながらも素直に頷くと、尚樹はさらに「どうして欲しい？」と、問いかけてくる。

「どうって……」

尚樹ほど経験のない寿々花には、咄嗟《とっさ》に自分の希望を言葉にすることができない。

寿々花が返答に困っている間も、尚樹は執拗《しつよう》に片方の胸だけを虐《いじ》めてくる。

「い、意地悪……」

繰り返しされる愛撫《あいぶ》にピクピクと体を反応させながら、寿々花が尚樹を詰《なじ》る。

彼はしょうがないといった感じで息を漏らし、唇を今まで放置していた方の乳房に寄せた。

ぬるりとした感触と共に、生暖かい舌が乳輪を包み込む。

その艶《なま》めかしい感触に、寿々花は跳ねるように身悶《みもだ》えた。

「やっ、んっあっあぁっ……いきなり、そんなこっ…………したら……あぁっ」

刺激を求めていた乳首を、唾液に濡れた舌が転がし強く押し込む。

そうかと思えば、前歯で優しく噛んだりしてきた。

突然与えられた刺激に反応し、寿々花は腰をくねらせる。

胸の尖りを舌で嬲《なぶ》っていた尚樹は、少し顔を移動させて柔らかな乳房に唇を寄せる。そしてそこを強く吸い上げた。

「ひぁっ……」

肌にチリチリした痛みが走る。

自分の存在を刻み込むようなその行為に、寿々花は体をひくつかせた。思わず尚樹の肩を押し返そうとするが、屈強な彼の体を引き離すことはかなわない。

それどころか、尚樹はさらにいやらしく寿々花の乳房に舌と唇を這《は》わせてくる。

ギュッと音を立てて右側の乳首を吸われながら、もう一方を指の腹で丸くなぞられると自然と腰が跳ねてしまう。

その先を期待して、下腹に向かって甘い疼《うず》きが走る。

「ヤァッ………ッ」

自分の中に湧き上がる疼《うず》きを持て余し、寿々花は無意識に両足をこすり合わせた。

胸の愛撫《あいぶ》を中断させ、顔を上げた尚樹が聞いてくる。

「もう挿《い》れて欲しい？」

「あ……っ」

自分の欲望を素直に口にすることが苦手な寿々花は、思わず視線を逸らして黙り込む。

寿々花の性格を承知している尚樹は、彼女の返事を待つことなく、胸を揉んでいた手を下へ滑らせた。

「アッ」

腰のラインをなぞり下へと移動していく手は、乱れて腰の辺りで纏《まと》まっているドレスのスカートを掻き分ける。現れた膝頭を撫でて、今度は内ももを伝ってゆっくりと上へ動かす。

そして寿々花の足の付け根に指を這《は》わせると「寿々花のここは、もう欲しそうにしている」と、寿々花の体の反応をわざといやらしい言葉で告げてきた。

「……っ」

羞恥心《しゅうちしん》を刺激され、寿々花は、困り顔で唇を噛む。

彼女のそんな表情を愛おしげに見つめていた尚樹は、体を起こしてストッキングと下着を一気に下げた。そのまま足の間に手を忍び込ませ、躊躇《ためら》いなく指先で陰唇を押し開く。

そして溢《あふ》れる蜜で潤《うるお》った肉芽を優しく刺激してきた。

「あ……っ、んっ……………ッ」

敏感になっている場所に指が触れ、寿々花が背中を弓形に反《そ》らせる。しかし自分に覆《おお》いかぶさる尚樹の体が邪魔をして、身動きもままならない。

尚樹は、指で寿々花の陰唇を嬲《なぶ》りつつ、胸への愛撫《あいぶ》を再開した。

つんと尖る胸の先端をチロチロと舌で転がされると、彼の体の下で寿々花の足がピクピクと跳ねる。

硬くなった胸の先を、濡れた生暖かい舌で転がされる感覚が堪《たま》らない。

尚樹の舌が肌に触れる度に、寿々花は切ない息を吐く。

執拗《しつよう》に舌と指での愛撫《あいぶ》を続けられて、目の前で白い光が弾ける感じがして、寿々花はギュッと瞼《まぶた》を閉じて尚樹の背中に手を回した。

「あ……あぁぁ…………ああっ…………お願いもぅっ……」

ジリジリと弱火で体を炙《あぶ》られるような刺激に耐えかね、寿々花がその先をねだる。

「わかった」

そう言うなり、尚樹は中途半端に下ろされた寿々花の下着とストッキングを脱がし、彼女の腰を両手で掴んだ。

そのまま器用に二人の位置を入れ替えた尚樹は、仰向けにソファーに寝そべる自分の上に寿々花を跨《また》がらせた。

「えっ……キャアッ」

このまま尚樹に身を任せていればいいと思っていた寿々花は、不意打ちで馬乗りの体勢を取らされて目を白黒させる。

両手を自分の胸に置いて体を支える寿々花を見上げ、尚樹が言った。

「欲しいなら自分で挿《い》れて」

「……っ！」

思いがけない言葉に、寿々花は戸惑いの表情を浮かべる。しかし尚樹は、そんな寿々花の反応を楽しむように笑みを深めるだけだ。

彼は、行為を促《うなが》すみたいに、自《みずか》らベルトを緩めジッパーを下ろすと、既に硬く隆起している自身の肉棒を引き出す。

剥《む》き出しになった臀部に、尚樹の熱い昂《たかぶ》りとベルトの金具が触れた。温と冷、対象的なものの温度に、寿々花の肌が緊張で震える。

「寿々花」

甘く名を呼び、尚樹が臀部を撫でてきた。優しく催促されて、寿々花は湧き上がる欲望を抑えることができなくなる。

「おいで」

それでも躊躇《ためら》う寿々花を、尚樹が艶《なま》めかしい声で誘う。

その声に導かれるように、寿々花が膝立ちで腰の位置を近付けると、尚樹も自分のものに手を添え挿《い》れやすいよう角度を調整する。

尚樹の胸に手を突き腰を上げていくと、蜜に濡れた陰唇に彼の亀頭を感じた。それだけで腰が震えてしまう。

堪《たま》らず寿々花が動きを止めると、尚樹は寿々花の腰を掴んで引き寄せてきた。

「…………あ、入る……、はぁ……んんっ」

強く腰を引き寄せられ、一気に沈み込んでくる尚樹の感触に、寿々花は無意識に彼の肌に爪を立てて甘く喘《あえ》ぐ。

身を反《そ》らして感じ入る寿々花の腰を強く掴み、尚樹が熱い息を漏らす。そしてその先を促《うなが》すように、ゆるりと腰を動かした。

「自分で動いて」

「…………っ」

尚樹の求めに従い、寿々花は微かに腰を浮かした。

そうすることで尚樹のものが膣を擦り、全身をゾクゾクとした快感が駆け巡《めぐ》る。

その刺激に寿々花の体から力が抜け、へなへなと腰を落としてしまう。しかしそれにより、今度は彼を深く受け入れることになって寿々花を甘く痺《しび》れさせた。

「ほら、もっと腰を動かして」

尚樹が寿々花を急《せ》かしてくる。

「……っ」

クゥッと、熱い息を漏らしながら、寿々花は再び腰を浮かした。そこから生まれる刺激に、徐々に陶酔《とうすい》していった。

うっとりしながらゆるゆると腰を動かしていると、尚樹の手が寿々花の動きに合わせて揺れる胸の先端を摘まみ上げた。

「あぁぁあぁっ」

不意討ちの刺激に、寿々花の腰がビクンと跳ねる。それと同時に、尚樹のものを強く締め付けてしまった。

尚樹が微かに眉根を寄せ、熱い息を吐く。

「ほら、もっとしっかり俺を感じるんだ」

尚樹に胸を揉みしだかれながら、寿々花は彼を見つめてゆっくりと腰を動かす。

「あ、ん……んんんっ、駄目………っ」

腰を動かす度に、太くて長い尚樹のものが、膣壁の奥を突いてくる。

息苦しさを覚えるほど中をいっぱいに満たされ、全身を快感の波が包み込んでいった。

服を脱ぐ間も惜しんで交わり合う二人の間から、グジュグジュといやらしい水音が聞こえてくる。

腰を持ち上げる度に蕩《とろ》けた媚肉《びにく》が擦られ、寿々花は尚樹の上で悶《もだ》える。

蕩《とろ》けきった体は上手《うま》く力が入らない。なのに、繋がった場所から生じる痺《しび》れが愛おしくて、媚肉《びにく》が快楽を求めて尚樹のものに絡み付く。

尚樹の昂《たかぶ》りを咥《くわ》え込み、身悶《みもだ》えるように腰を振る。

そんな淫乱な動きをしてしまう自分を恥じる気持ちはあるのだが、動きを止めることができない。

でも、どんなに自分で腰を動かしても、尚樹から与えられるほどの快楽は得られず、徐々に満たされない体がもの足りなさを訴え始める。

「尚樹さん……もっと……っ」

無意識にねだるような声を漏らして寿々花が尚樹を求める。それまで胸を揉みしだいていた尚樹が、不意に体を起こした。

「あっぁっ」

尚樹が姿勢を変えたことでバランスを崩しかけた寿々花の腰に、尚樹は素早く腕を回して抱きしめてくる。

「前戯は終わりだ」

尚樹が体を起こしたことで、寿々花を貫く彼の角度が変わり、それが寿々花を苦しめた。

「あぁぁ…………あぁぁぁぁ……ぁぅ」

敏感になっていた肉芽が尚樹の体で押し潰され、その感触に寿々花が熱い息を漏らす。

その刺激が苦しくて、寿々花は背中を反《そ》らして細い足を尚樹の腰に絡みつけた。

そうすることで、尚樹のものをよりいっそう深く咥《くわ》え込む形になる。

強すぎる刺激に、膣がビクビクと痙攣《けいれん》してしまう。

「クッ」

きつく締め上げられ、尚樹が微かに眉根を寄せる。

「あ………あぁぁぁっ」

激しく腰を動かされ、何度も奥を突かれると無意識に膣が痙攣《けいれん》する。

「クッ」

寿々花の膣の動きに、尚樹が短く息を吐く。

そうしながらさらなる刺激を求めて、尚樹はグチュグチュと淫靡《いんび》な水音を立てて腰を動かしてくる。

尚樹が腰を動かす度に、欲望に膨らんだカリ首が、敏感になっている寿々花の膣壁を擦り立てていく。

体の奥まで貫かれていく感覚に、意識が朦朧《もうろう》としてきた。

自分の腕の中で脱力していく寿々花の体を貪《むさぼ》るように、尚樹はさらに激しく腰を動かしていく。

「はぁ……っ……あぁっ！」

悦楽に霞《かす》む意識にトロリと微睡《まどろ》んでいた寿々花は、不意に閃光《せんこう》のような激しい刺激に貫かれ背中を反《そ》らした。

ビクビクと痙攣《けいれん》するように蠢《うごめ》く寿々花の膣の動きに、尚樹は彼女の絶頂を感じ取りグッと眉根を寄せる。

そうしながら、寿々花の腰をしっかりと抱え、なおも激しく寿々花の体を追い立てていく。

「やぁぁ……今…………ダメっ」

拒否しているはずなのに、どこかねだっているみたいな響きを含んだ寿々花の声に欲望が煽《あお》られるのか、尚樹は荒々しく寿々花の体を攻め立てた。

絶頂を迎えても続く刺激が苦しくて、寿々花は縋《すが》るように尚樹の体に自分の肢体を絡める。結果的に、より深く自分の中に彼を招き入れてしまった。

尚樹のものの存在感が深く寿々花の中に刻まれていく。

「寿々花っ」

苦しげにその名前を呼びつつ、尚樹のものがいっそう大きく膨んだかと思うと、寿々花の中で破裂した。

カッと灼熱《しゃくねつ》の欲望が吐き出され、その刺激に寿々花はぎゅっと指に力を込める。

次の瞬間、寿々花が脱力すると、尚樹はズルリと自分のものを寿々花から抜き出した。

尚樹のものが自分から離れると同時に、自分の中から愛液と尚樹の射液がドロリと流れ出て、寿々花はもう一度体を痙攣《けいれん》させる。

「愛している」

自分の腕の中で脱力する寿々花を抱きしめ、尚樹が囁《ささや》く。

その言葉に寿々花も首の動きで同意を示し、そっと瞼《まぶた》を伏せた。

ぴたりと寄り添い尚樹の呼吸や心音を聞いていると、自分と彼との境界が曖昧《あいまい》になっていくような錯覚に陥る。

恋には引力があると言われたことがあるけど、それは本当だろう。

けれどその引力は、出会った瞬間に引き寄せられるようなものではなく、ずっと未来からお互いを呼び合うような、巡《めぐ》り会う力なのかもしれない。

そんなことを思う寿々花は、尚樹を見上げてその頬に手を伸ばす。

「尚樹さんに会えて、私は本当の私になれた気がします」

以前、もし自分が恋に落ちたら、どうなってしまうのだろうと不安に思ったことがあった。

なりふり構わず手に入れようとしたり、自分が自分でなくなってしまったりするのではないかと。

その予想は、ある意味、間違っていなかったのかもしれない。

尚樹と出会ってからの自分は、それまでの自分とはまったく違う。

そっと髪を撫でてくる尚樹の目を見つめると、彼の瞳の中に、彼と出会って大きく変化した自分の顔が見える。

尚樹の瞳に映る今の自分が誇らしい。

「いろいろ大変な人生だったけど、君に辿《たど》り着くために長い旅をしてきた気分だ」

尚樹の人生が、決して平坦なものでなかったのは容易に想像がつく。

それでも、その時間をなんでもないことみたいに振り返れる尚樹が、すごいと思った。

尚樹がいれば、この先に訪れるであろうどんな困難も笑って乗り越えていけるだろう。

「愛してます」

「俺もだよ」

思いを素直に口にする寿々花を愛おしげに抱きしめ、尚樹は寿々花の存在を実感するように深く息を吸い、一呼吸置いて告げる。

「俺の人生は、寿々花と生きるためにあるんだ」

エタニティ文庫

エタニティ文庫・赤

秘書見習いの溺愛事情　冬野まゆ

高校時代、偶然唇を触れ合わせてしまった素敵なビジネスマン。優しげな彼に、下町娘の向日葵は淡いトキメキを抱いていた。それから四年。なんと、彼が重役を務める大企業で秘書見習いとして働くことに！　優しい上司と思いきや、甘くイジワルに向日葵を翻弄してきて!?

装丁イラスト／あり子

エタニティ文庫・赤

寝ても覚めても恋の罠!?　冬野まゆ

良家に生まれ、なに不自由なく生きてきた鈴香。大企業の御曹司・雅洸と婚約もしていたが、ある日突然、家が没落してしまう！　それを機に、鈴香は自立するべく彼との婚約を破棄して就職。ところが五年後、再会した雅洸がいきなり求婚してきた！　押しかけ御曹司の極甘アプローチに、鈴香はたじたじで!?

装丁イラスト／緒笠原くえん

※エタニティブックスは大人の女性のための恋愛小説レーベルです。ロゴマークの色で性描写の有無を判断することができます（赤・一定以上の性描写あり、ロゼ・性描写あり、白・性描写なし）。

詳しくは公式サイトにてご確認ください。
https://eternity.alphapolis.co.jp/

携帯サイトはこちらから！

〜大人のための恋愛小説レーベル〜

ETERNITY エタニティブックス

肉食御曹司の怒涛の求愛!?

お願い、結婚してください

ETERNITY エタニティブックス Rouge

エタニティブックス・赤

冬野《とうの》まゆ

装丁イラスト／カトーナオ

ワーカホリックな御曹司・昂也《こうや》の補佐役として、忙しくも充実した日々を送る二十六歳の比奈《ひな》。しかし、仕事のしすぎで彼氏にフラれてしまう。婚期を逃しかねない未来予想図に危機感を持った比奈は、自分のプライベートを確保すべく仕事人間の昂也を結婚させようとする。しかし、彼がロックオンしたのは何故か自分で!? 『不埒な社長はいばら姫に恋をする』にも登場する友人夫婦の物語！

※エタニティブックスは大人の女性のための恋愛小説レーベルです。ロゴマークの色で性描写の有無を判断することができます（赤・一定以上の性描写あり、ロゼ・性描写あり、白・性描写なし）。

詳しくは公式サイトにてご確認ください。
https://eternity.alphapolis.co.jp/

携帯サイトはこちらから！

Noche ノーチェ

甘く淫らな恋物語

とろける極あま新婚生活♥

定価：本体1200円+税

乙女な人形奥様と爽やか騎士様の甘やかな日常

著 南玲子　イラスト さばるどろ

物心ついたときから、表情筋がピクリとも動かないレイチェル。無表情ゆえに友達も恋人もできず、いつも孤立していた。そんな彼女を唯一受け入れてくれたのが、初恋の君である旦那様。爽やかで優しい彼との甘い結婚生活に幸せいっぱいなレイチェルだけれど——ある事件をきっかけに、彼が執着系ドSに豹変!?

番《つがい》の愛は24時間年中無休!?

定価：本体1200円+税

黒狼の可愛いおヨメさま

著 ろいず　イラスト 風街いと

ある日、車に轢《ひ》かれた直後、異世界に召喚されたアカリ。ところが、直前の交通事故で瀕死状態だったため、「役に立たない」と森に捨てられてしまう。踏んだり蹴ったりの彼女を助け、愛してくれたのは、一人のイケメン狼獣人で——。孤独な少女が番《つがい》に愛され癒される、ハートフルファンタジー!

詳しくは公式サイトにてご確認ください。

https://www.noche-books.com/

掲載サイトはこちらから！

この作品に対する皆様のご意見・ご感想をお待ちしております。

おハガキ・お手紙は以下の宛先にお送りください。

【宛先】

〒150-6008 東京都渋谷区恵比寿4-20-3 恵比寿ガーデンプレイスタワー 8F
（株）アルファポリス　書籍感想係

メールフォームでのご意見・ご感想は右のＱＲコードから、
あるいは以下のワードで検索をかけてください。

アルファポリス　書籍の感想　検索

ご感想はこちらから

不埒《ふらち》な社長《しゃちょう》はいばら姫《ひめ》に恋《こい》をする

冬野まゆ（とうの まゆ）

2020年 4月 30日初版発行

編集－本山由美・宮田可南子
編集長－太田鉄平
発行者－梶本雄介
発行所－株式会社アルファポリス
〒150-6008 東京都渋谷区恵比寿4-20-3 恵比寿ガーデンプレイスタワー8F
TEL 03-6277-1601（営業）　03-6277-1602（編集）
URL https://www.alphapolis.co.jp/
発売元－株式会社星雲社（共同出版社・流通責任出版社）
〒112-0005 東京都文京区水道1-3-30
TEL 03-3868-3275
装丁イラスト－白崎小夜
装丁デザイン－ansyyqdesign
印刷－株式会社暁印刷

ISBN978-4-434-27315-5 C0093